LA REVUE XYZ DE LA NOUVELLE

Fondée en 1985 par Gaëtan Lévesque et Maurice Soudeyns.

La revue *XYZ* favorise la création littéraire dans les limites de la prose narrative brève tout en privilégiant la variété thématique ainsi que la diversité des approches du genre de la nouvelle. Elle pratique l'inclusion en accueillant écrivaines et écrivains débutants comme renommés. Elle respecte aussi la liberté de l'imagination et laisse à l'auteure ou à l'auteur les responsabilités individuelles qui l'accompagnent.

XYZ. LA REVUE DE LA NOUVELLE

11860, rue Guertin
Montréal (Québec) H4J 1V6
Téléphone : 514.523.77.72
Courriel : info@xyzrevue.com • Site Internet : www.xyzrevue.com

Éditeur : Jacques Richer
Directeur de la rédaction : David Bélanger
Responsable de la section « Intertexte » : Michel Lord
Responsables du thème : Camille Deslauriers et Christiane Lahaie

Collectif de rédaction : Jean-Paul Beaumier, Bertrand Bergeron, Gaëtan Brulotte, André Carpentier, Christine Champagne, Esther Croft, Camille Deslauriers, David Dorais, Christiane Lahaie, Marie-Claude Lapalme, Jean-Sébastien Lemieux, Michel Lord, Sylvie Massicotte, Régis Normandeau, Hélène Rioux, Nicolas Tremblay.

XYZ est une revue trimestrielle subventionnée par le Conseil des arts du Canada (CAC), le Conseil des arts de Montréal (CAM), le Conseil des arts et des lettres du Québec (CALQ) et le ministère du Patrimoine canadien (projet Érudit).

XYZ. La revue de la nouvelle est publiée par les Publications Gaëtan Lévesque et est membre de la Société de développement des périodiques culturels québécois (SODEP), info@sodep.qc.ca, www.sodep.qc.ca. Toute reproduction est interdite sans autorisation.

Patrimoine canadien

Conseil des arts du Canada Canada Council for the Arts

DANGER — LE PHOTOCOPILLAGE TUE LA REVUE

Conseil des arts et des lettres Québec

CONSEIL DES ARTS DE MONTRÉAL

sodep — Société de développement des périodiques culturels québécois

Conception typographique et mise en pages : Édiscript enr.
Impression : Imprimerie Gauvin
Distribution : Dimedia inc.
539, boul. Lebeau, Saint-Laurent (Québec) H4N 1S2 • Tél. : 514.336.39.41
Téléc. : 514.331.39.16 • Courriel : general@dimedia.qc.ca

Dépôt légal : Bibliothèque et Archives Canada et Bibliothèque et Archives nationales du Québec • ISSN 0828-5608 • ISBN 978-2-924343-26-5 (édition numérique n° 139) • Envoi de Poste-publications enregistrement n° 08870 (août 2019)

Droits d'auteur et droits de reproduction

Protocole éditorial

XYZ. La revue de la nouvelle privilégie les nouvelles brèves et inédites. Les nouvelles ne doivent pas compter plus de 5 000 mots. Lorsque le nombre de mots maximal varie pour certains thèmes, il y a une précision dans l'appel de textes à la fin des numéros. Les textes doivent être présentés à double interligne à raison de 250 mots par page, envoyés en deux exemplaires et accompagnés d'une courte et sobre note biobibliographique ainsi que du formulaire d'inscription, disponible dans les pages de la revue. Les fac-similés ne sont pas autorisés, sauf pour les revues achetées dans une version électronique. Le cas échéant, il faut joindre une preuve d'achat. Les critères de sélection sont fondés sur la qualité de la langue, le respect du genre et les qualités littéraires du texte. La décision du comité de lecture est sans appel et les textes ne sont pas retournés. Une nouvelle en thème libre peut être soumise en tout temps. Notez bien : la soumission de textes n'est pas réservée aux résidents canadiens et est ouverte à l'ensemble de la francophonie.

La direction

Sommaire

Depuis 1985, les meilleurs nouvelliers publient dans

LA REVUE
XYZ
DE LA NOUVELLE

XYZ. La revue de la nouvelle
11860, rue Guertin
Montréal (Québec) H4J 1V6
Téléphone : 514.523.77.72
Courriel : info@xyzrevue.com
Site Internet : www.xyzrevue.com

Hommage à Nicolas Tremblay

David Dorais[1]

Quatorze ans à la barre d'une revue, ce n'est pas rien. Il faut la tenir ferme, la barre. Maintenir le cap quand le temps est bon, rester sur le pont quand la houle agite le navire. Nicolas Tremblay a toujours été un timonier fiable, solide et intègre. Il a su assurer à *XYZ* la stabilité dont toute revue a besoin. Les numéros publiés semblent résumer la vie d'une revue, mais ce ne sont que les saillies les plus spectaculaires d'un travail qui se déroule en souterrain et sans interruption. Chaque numéro qui voit le jour a nécessité une préparation de plusieurs mois, un suivi constant et indéfectible pour faire en sorte que le produit final soit de qualité. C'est ce souci du travail bien accompli et cette constance dans l'effort (alors que l'on fait le grand écart entre le numéro qui paraît, celui que l'on monte et celui dont on amorce la composition) qui ont guidé Nicolas Tremblay au long de ses années de direction de rédaction.

Quatorze ans à la barre de la revue, aussi bien dire que, durant ce mandat, Nicolas Tremblay a fait *XYZ*, tout autant que *XYZ* l'a fait. Entré en fonction en tant que jeune diplômé au doctorat, il se retire comme père de famille, professeur de cégep et écrivain établi. La revue lui a permis de gagner du métier, d'explorer son style, de développer son univers. En retour, il a amené à la revue des auteurs qu'il estimait et y a favorisé une saine diversité. En accord avec les membres du collectif, il a eu à cœur que la revue garde sa pertinence et son intérêt en attirant autant des auteurs réputés que de jeunes créateurs. Ainsi, le travail de Nicolas Tremblay s'est

---

1. Pour le collectif de rédaction et l'éditeur d'*XYZ. La revue de la nouvelle.*

souvent appuyé sur un sens du doigté et de la persuasion qui, comme toute entreprise de diplomatie, reste invisible, mais dont les fruits témoignent assez de la qualité.

Soulignons en terminant l'une des plus grandes qualités d'un directeur de rédaction, celle de ne pas faire cavalier seul, mais de savoir comprendre et relayer les volontés de tout un collectif. Nicolas Tremblay a toujours su se mettre au service des décisions des membres sans privilégier ses propres goûts. Rester modeste et servir un projet plus grand que soi, ce sont là les marques d'un collaborateur estimable, et si la revue *XYZ* peut se désoler de perdre un aussi précieux directeur, elle peut se féliciter de l'avoir accueilli aussi longtemps.

Présentation

Camille Deslauriers et Christiane Lahaie

O**N DIT** qu'ils s'acoquinent avec les sorcières, qu'ils absorbent les mauvaises énergies et qu'ils ont neuf vies. On raconte que certains d'entre eux marchent des milliers de kilomètres pour retrouver leur maison. On prétend qu'ils n'auraient pas été embarqués dans l'Arche de Noé parce qu'ils n'existaient pas encore. Alors Dieu les créa *rateliers* pour limiter la prolifération de rongeurs à bord du vaisseau.

Depuis, ils sont partout. Ils se couchent sur nos claviers et nos livres, s'approprient nos fauteuils ou nos vêtements préférés, se lovent dans nos draps. Ernest Hemingway en aurait eu cinquante-quatre et Leonor Fini, dix-sept. Les plus célèbres ont aujourd'hui leur page Facebook ou leur compte Instagram et ils sont suivis par des milliers d'admirateurs. Bicolores, tigrés, unis ou calicot, gantés, poilus, presque imberbes ou polydactyles, racés ou hirsutes, de ruelle, de maison ou d'exposition, les chats ne laissent personne indifférent : on les adule ou on les exècre.

Les textes qui composent ce numéro tantôt leur donnent la parole (Raphaël Bédard-Chartrand, Suzanne Myre), tantôt les élèvent au rang de passeurs (Emmanuelle Cornu, Valérie Provost, Joanie Lemieux, Odile Tremblay), tantôt encore vantent leurs compétences exceptionnelles (Claude La Charité). Proies (Jean Pierre Girard) ou prédateurs (Marie-Pier Poulin), les chats hantent depuis longtemps nos quartiers... et nos vies. Aussi méritent-ils, le temps d'un numéro d'*XYZ*, que nous leur accordions toute la place qui leur revient.

revue de poésie

EXIT, espace de création et de liberté, publie quatre fois l'an des textes poétiques et se rapportant à la poésie : poèmes, essais, réflexions critiques, entretiens.

Je m'abonne et j'économise

Par étapes
Joanie Lemieux

D ANS LA CUISINE jaune vif qui ne sera bientôt plus la sienne, Annie s'affaire, répétant toutes les trois phrases qu'elle n'en revient pas de sa chance. *C'est tellement excitant!* dit-elle à sa sœur en sortant un paquet de biscuits, en versant de l'eau dans le réservoir de la cafetière. Dans quelques jours, ce nouvel emploi; dans quelques jours, la Finlande. *Te rends-tu compte, Meredith?* — elle ne peut s'empêcher de le répéter — *Te rends-tu compte, une pareille chance!* Mais Meredith se rend parfaitement compte. *Tu le mérites*, la félicite-t-elle encore une fois, sans pouvoir s'empêcher de remarquer combien, dans l'appartement presque vide, l'absence de meubles jette un écho singulier à la suite de chacun de leurs mots.

Meredith n'a pas eu besoin de faire le tour des pièces pour savoir, en entrant, que tout était déjà parti. Tout de la lumière, de l'odeur de poussière libre, du son plus creux des espaces le disait déjà. Sa sœur n'a gardé, dans la cuisine, qu'une table et deux chaises que les prochains locataires lui ont rachetées, la cafetière qui crachote, quelques conserves alignées sur le comptoir, un peu de vaisselle.

— Quand je pense que t'as tout donné. T'avais pas envie d'entreposer tes meubles dans un rangement, quelque chose?

— Pour quoi faire? Je ne les avais pas achetés neufs; j'y tenais pas. Comme ça, au moins, ils font d'autres heureux.

— Mais si tu reviens?

Annie secoue la tête.

— C'est une fausse question. Je peux pas m'en aller en pensant au retour. Ça serait partir à moitié.

Elle s'interrompt un instant, verse dans les deux tasses le café fumant, sort des cuillers.

— J'ai plus de frigo, mais j'ai du lait en poudre, si tu veux.

— Juste du sucre, ça va aller.   9

Elle hoche la tête, reprend la conversation. Quand elle va revenir, dit-elle, si même elle revient, elle se réinstallera en neuf, elle voudra recommencer, pas vrai ? et il restera toujours Bidule, si jamais, pour calmer l'ennui. N'est-ce pas que les chats savent mieux que les meubles nous rappeler à nos vies ?

— Je suppose, oui. Raison de plus pour que je prenne bien soin d'elle.

— Voilà. Merci encore de la prendre chez toi. Vous allez bien vous entendre, tu vas voir. Ça va te faire de la vie dans l'appartement. Faut juste éviter de laisser des plantes à hauteur de chat, sinon elle mange tout, c'est une vraie folie.

— Inquiète-toi pas, elles sont déjà suspendues. Ses croquettes sont achetées, son coussin l'attend à côté de la fenêtre. Elle va être la reine de la place.

Annie dépose les tasses fumantes sur la table, se rend jusqu'au placard, près de l'entrée, fouille dans les poches de son blouson.

— Ouvrirais-tu la fenêtre un peu, s'il te plaît ? Je sais qu'il commence à faire froid, mais Bidule aime pas ça quand je fume à l'intérieur. D'habitude, elle se trouve une cachette en dessous du lit, quelque part, mais là…

Elle s'y reprend à deux fois pour actionner le briquet, tire une première bouffée de sa cigarette, revient s'asseoir, souffle le gros de la fumée par la moustiquaire. Le chat, qui dormait près de la porte d'entrée, s'étire et trotte jusqu'à la salle de bains, au bout du couloir.

Faut que t'arrêtes cette cochonnerie-là, pense Meredith en regardant sa sœur. Mais elle ne dit rien. Elle l'a déjà dit mille fois, et toujours Annie répond que c'est son corps à elle, qu'elle en fait ce qu'elle veut, qu'elle n'a pas peur de la mort. *Personne a peur de la mort, à vingt-quatre ans*, pense-t-elle. Elle chasse l'idée, se convainc, comme chaque fois, que ça n'est pas de ses affaires. Une cigarette de plus ou de moins, ça ne changera pas grand-chose, pourquoi jouer aux rabat-joie, sa petite sœur ne vit-elle pas un moment angoissant ? D'abord, elle doit déménager, s'adapter. Nouveau pays, nouveau travail. Avec de la chance, elle perdra ses mauvaises habitudes. Et puis, chaque chose en son temps, un défi à la fois. Ne pas parler tout de suite, ne pas gâcher son bonheur, ne pas.

— Ça va être de la transporter, le pire. Elle aime moins les voyages que moi. Pour le reste, elle va s'habituer vite. Elle est encore jeune, après tout.

— Oui, mais les chats vieillissent pas au même rythme que les humains. Surtout quand ils sont petits, ils grandissent beaucoup plus vite. À six mois, ils ont l'équivalent d'une douzaine d'années. Après, ça ralentit, mais quand même. Bidule a déjà quelque chose comme dix-neuf ou vingt ans.

— Même à dix-neuf ans, on s'adapte vite. Tu t'inquiètes pour rien, comme d'habitude. Fais confiance à la vie, rien qu'un peu.

Elle se cale dans son siège pour mieux s'adosser, prend une longue gorgée de café en fermant les yeux, sans un mot. Elle aime le silence quand elle fume. Ses mouvements sont machinaux, Meredith les connaît par cœur. Elle l'a vue les enchaîner des dizaines de fois par le passé, toujours dans le même ordre. Mais, aujourd'hui, elle a l'impression de les voir pour la première fois. De les voir pour la première fois *comme ça*.

Elle tire une autre bouffée de sa cigarette, continue d'aspirer pour amener l'air plus profondément en elle, sourit avant de se tourner pour relâcher la fumée par la fenêtre, replace de sa main libre une mèche de cheveux. L'ensemble de la gestuelle pourrait passer, à d'autres yeux ou dans un autre temps, pour un long mouvement continu et fluide, mais Meredith soudain le voit comme découpé, neuf. Elle sait qu'ils passent, mais ne sent plus se lier l'un à l'autre les instants. Elle ne sait plus lire l'écoulement régulier de la vie. Elle voit plutôt le temps de sa sœur s'égrener, se hachurer. Annie pose le bras sur le bord de la table. Un mince filet de fumée s'échappe de sa cigarette bientôt entièrement consumée ; elle pousse un soupir, roule les épaules pour replacer un muscle, d'abord la gauche, avec une grimace d'enfant 11 fatiguée qui plisse son front, puis la droite, presque en même temps, presque, vraiment, et pourtant pas tout à fait en même temps. Meredith la voit à travers un prisme, reçoit sa lumière décomposée, une bobine de film qui ralentit encore et encore, image par image. Chaque micropulsation dans le corps de sa sœur déplie successivement sa raison d'être, se réduit à sa plus simple expression pour être mieux perçue, pour que la mémoire l'enregistre, l'ensemble du mouvement se découpant en minuscules îlots de sens, en séquences dont on croirait à tort — mais cela, même Meredith l'ignore — qu'elles sont elles-mêmes indivisibles.

Sans savoir que ses rouages s'exposent malgré elle, Annie colle ses omoplates contre le dossier de la chaise, renverse la tête vers la droite, étire le cou, dans une inspiration profonde qui s'achève en bâillement. Elle soupire, écrase sa cigarette.

Soudain, elle paraît vieille.

Le reste de la cuisine, au même moment, prend cinquante ans d'un coup : l'air froid se faufile par les contours de la fenêtre, la peinture sur les armoires pèle et tombe en gros flocons sur le couvre-plancher qui s'abîme à vue d'œil, la table est bancale, le fond de l'évier résonne au rythme régulier des gouttes qui s'échappent du robinet. Comment dire à sa sœur qu'il suffit de quelques secondes pour basculer, pour vider le temps de sa substance ?

C'est sérieux, a dit le médecin, la semaine dernière, en lui annonçant le diagnostic.

Meredith l'écoutait d'une oreille, tournait et retournait dans sa tête le mot qu'il avait dit. *Dégénérative.*

Il n'y a pas à proprement parler de remède, avait-il annoncé, *mais des traitements, au moins, qui permettront d'amoindrir de beaucoup les symptômes. Si vous répondez bien à la médication, il y aura de grandes périodes où vous aurez l'impression de ne pas être malade.*

Sauf qu'elle le sera, malade. Pour le reste de sa vie.

Quand Meredith a demandé quand elles se reverraient, il y a quelques semaines, Annie a promis de revenir au pays pour le Noël de l'an prochain. *C'est presque rien, un an et demi*, qu'elle a dit. *Presque rien*, se répète-t-elle. Pas de quoi s'en faire, une toute petite année et demie, ça va passer vite.

Et si, justement, c'était précisément cela qu'il fallait craindre ? Que tout passe vite, trop vite ?

Si, en l'absence d'Annie, le temps perdait tout à coup toute mesure, pour se mettre à filer sans réserve, tous les jours se fondant l'un dans l'autre sans découpage ? Si, en retirant de son emploi du temps les visites à sa sœur, Meredith privait sa vie de toute sa ponctuation, de tout ce qui pouvait servir de lest face à l'inévitable traction vers l'avant, vers sa fin, vers leurs fins à elles toutes ?

Quand Annie reviendra, Bidule, en âge humain, aura presque trente ans.

Elle sera encore vive, mais elle aura sans doute perdu de son entrain de chaton. Rien ne garantit qu'elle jouera encore avec les décorations dans le sapin, les boîtes vides, les choux, le ruban. Sans doute paressera-t-elle pendant une partie des vacances, assise près de la porte-fenêtre, demandant à sortir, mais se ravisant dès le premier grain de neige sur son museau. Annie s'amusera de la nouvelle différence d'âge entre elles, de l'inversion des rôles. Désormais, la chatte qu'elle a accueillie bébé sera son aînée et, pour rigoler, Annie en fera toute une histoire, l'appellera « madame », lui dira « vous ». *Vos coussins sont confortables, madame Bidule ? Vous avez fait bonne chasse ?*

Meredith, elle, aura quel âge à ce moment-là ? Est-ce bien trente-deux ans ? Ou est-ce plutôt quarante, ou cent ? Elle a beau se concentrer, les chiffres s'effacent, échappent à sa saisie.

Annie ferme la fenêtre, se lève pour prendre la carafe de café, remplit les tasses. Rien ne paraît plus de sa vieillesse momentanée. Elle a retrouvé son visage de vingt-quatre ans, son sourire de vingt-quatre ans, comme si de rien n'était. Comment lui dire que sa sœur, elle, risque de bientôt perdre pour de bon l'architecture de son pouls, de se mettre comme le chat à vieillir sans retenue ? Qu'elle aussi, sans le comprendre encore, se tient en équilibre au bord de sa faiblesse ? 13

— Veux-tu lui donner des bonbons ? propose Annie, en se levant pour attraper un sac de friandises pour chats. Avec ça, elle devrait pas te résister trop longtemps.

Meredith prend le sachet, le secoue. Bidule revient vers la cuisine à la course, vive et énergique, tente de saisir la croquette avec la patte. Annie, à côté, ouvre le paquet de biscuits, le pousse vers sa sœur en disant : *J'ai pris la sorte avec les pépites de couleurs, comme quand on était petites. J'ai pensé que t'aimerais ça.*

Meredith croque dans le biscuit sucré. Annie, elle, en prend déjà un deuxième.

Peut-être n'est-il pas nécessaire de parler de la mort tout de suite. Elles vieilliront bien assez vite, et la chatte et les sœurs. Mais, pour l'instant, elles ne sont pas encore vieilles. Il reste encore du temps, un temps frais et intact, pour apprendre à le devenir.

Donner son nom au chat

Lynda Dion

VOUS NE CHOISISSEZ PAS leur nom. Il s'impose de lui-même. Vous êtes plutôt ambivalente par rapport à eux, mais vous les aimez, vous en avez même adopté quelques-uns avec qui l'histoire semblait chaque fois écrite à l'avance.

D'abord, il y a eu Sapho, poète de l'Antiquité grecque dont on a retenu principalement qu'elle était lesbienne. Huit mois, de longs poils gris. Joueuse, aventurière, c'est elle qui vous apprendra tout. Votre première chatte. Vous n'avez pas réfléchi avant d'aller à la SPA. Le genre de coup de tête avec lequel vous avez l'habitude de composer ensuite.

Comme vous sortez d'une relation dans laquelle vous vous êtes volontiers enfermée pour faire comme tout le monde — c'est-à-dire être en couple et vieillir accompagnée —, vous ne supportez pas l'idée de confiner Sapho. La chatte vivra sa vie de chat avec la permission d'aller du dedans au dehors. Même si c'est risqué. Vous aimez la voir venir de loin, traversant la cour, féline, élancée, courant à bride abattue quand vous l'appelez du haut du balcon : Saaaaaphooooooo ! Certains soirs vous devez répéter l'exercice plusieurs fois avant qu'elle ne se décide enfin à rentrer. Saaaaaphoooooo… Saaaaaphoooooo… Saaaaaphoooooo… Saaaaaphoooooooooooooooo. Vous n'osez pas imaginer ce que les voisins se disent. Quelle idée de lui avoir donné un nom pareil !

Les premiers mois, vous les passez ensemble dans l'appartement. Peu après son adoption, vous avez dû vous absenter du travail, le temps de soigner une dépression qui avait trop traîné. Avec elle, vous réapprenez à rire. Sapho vous sort pour ainsi dire de votre torpeur. Puis le printemps vient. L'été. Il est temps d'ouvrir la porte de la cage. Vous ne vous éloignez pas, la suivez de près, histoire de la rassurer devant l'étendue de son nouveau territoire. Ou pour vous rassurer vous-même. Comment être certaine qu'elle ne va pas s'enfuir dans la rue ? L'idée qu'elle puisse être frappée par une voiture vous affole. Vous devez de toute urgence apprendre à gérer votre anxiété. Vous la voulez libre. Il faut vous adapter. Après cet entraînement, elle vous suivra partout. Même en vacances.

Cet été-là, vous séjournez quelque temps dans une roulotte à la campagne, à deux pas d'une ferme. Vous craignez de la voir disparaître pour de bon à travers champs. Mais chaque fois, elle revient. Alors, vous finissez par vous en convaincre. Vous êtes faites pour durer ensemble.

Un jour votre appartement devient trop petit. Vous avez besoin de plus d'espace. De vous rapprocher du travail aussi. Marcher, vous remettre en forme, en mouvement, agir coûte que coûte, entreprendre de déménager sans attendre l'été, en plein hiver. Vous n'hésitez pas malgré les démarches, les tracas. Vous avez décidé de bouger et vous le faites.

Vous savez pour les chats. Ils n'ont pas le même rapport au territoire que les humains. Mais Sapho est différente, elle retombera vite sur ses pattes. Apprivoiser l'espace, l'appartement sur deux étages, la terrasse clôturée, la cour bordée de cèdres, le nouveau quartier : elle est suffisamment grande à présent pour aller et venir sans danger. Vous ouvrez la porte en toute confiance. Vous la refermez aussitôt en espérant qu'elle ne s'enfuie pas trop loin. La vague de froid qui sévit depuis quelques jours semble vouloir s'étirer. Pourvu que.

Saaaaaaaaaaaphooooooooooo ! Saaaaaaaaaaaaaaaaaaaaaaaaphoooooooooooooooooo !

Vous l'appelez tant et tant, mais plus jamais elle ne réapparaîtra. Des mois, un an, deux ans plus tard, tandis que vous vous préparez à déménager encore, vous continuez d'espérer qu'elle surgisse tout à coup devant la porte. Comme dans les films. À défaut d'un *happy end*, vous vous contenteriez d'une fin. De son cadavre, même. N'importe quelle certitude qui ferait en sorte d'incarner votre culpabilité. Ou de clore le chapitre.

Promesse à vous-même : plus jamais de chat.

Avec Ulysse, tout sera différent. C'est votre fille qui vous supplie. L'hiver arrive et, dans le quartier où elle habite, il y a un chaton abandonné qui a passé l'été à se réfugier sous le ventre des voitures. Elle a tenté de convaincre son amoureux qui a refusé de le faire entrer. Un chat, c'est assez. Ils n'ont pas les moyens d'en nourrir deux. Elle insiste : c'est un beau blond irrésistible, costaud, sûr de lui, facile d'approche, déjà habitué à la rue et à la liberté. Du sur-mesure pour vous. Il ne remplacera jamais Sapho, bien sûr que non, c'est un mâle, un chat d'une autre espèce, vous vous dites. Son nom sera Ulysse. S'il part loin et longtemps, il saura toujours retrouver son chemin. Surtout : il triomphera systématiquement de ses ennemis ou devant la nature déchaînée. Face aux dieux, même. Ulysse est prédestiné à une existence fabuleuse qui n'aura rien de banal.

Mais encore faudra-t-il qu'il patiente jusqu'au printemps. Chat échaudé craint l'eau froide. Vous avez payé cher pour l'apprendre. Pas question d'ouvrir la porte. Vous vous barricadez pour l'hiver. Ulysse fera ses marques dans le quartier quand la neige sera fondue et que l'herbe sera bien haute. Entre-temps, il laisse son long poil partout. Trône comme un pacha sur les coussins, les tapis, la table et les comptoirs de cuisine. Répand son odeur pour délimiter son territoire. Prend littéralement possession des lieux. Les hauteurs ont sa préférence. Ulysse est un fin stratège. Il affectionne particulièrement le haut de la grande bibliothèque où il s'installe des heures durant. Il vous surveille. Attend son heure.

La première fois qu'il le fait, vous poussez un grand cri. Ulysssssseeeeeeee ! Non ! C'est quoi, ça ?

La couette de duvet, les draps, le matelas : vous vous réveillez dans l'urine de chat. Ulysse est introuvable. Il se cache quelque part parce qu'il sait. Vous êtes en colère. Mais il en faudra pas mal plus pour l'impressionner. Vous êtes absolument démunie. Vous vous renseignez auprès des personnes de votre entourage qui ont des chats, vous lisez tout ce que vous trouvez à l'écran pour essayer de comprendre, vous cherchez comment empêcher le matou de récidiver. Urgence numéro un : nettoyer la literie et le matelas. Urgence numéro deux : faire disparaître l'odeur pour qu'il ne soit pas tenté de recommencer au même endroit. Urgence numéro trois : 17

prendre rendez-vous chez le vétérinaire pour vous assurer qu'il n'a pas de problème urinaire.

D'ici là, vous bloquez l'accès à votre chambre. Ulysse est chassé de votre lit. Le vétérinaire est formel. Ce genre de problème survient surtout chez les mâles. La castration règle un très fort pourcentage des cas. Sinon, il faudra investiguer sur un plan, disons, plus émotif. Votre chat est peut-être perturbé par quelque chose ?

Vous tentez le tout pour le tout en vous prêtant au jeu du chat et de la souris. Vous lui faites confiance à nouveau : la porte de la chambre restera ouverte, de nuit comme de jour. C'est la seule manière de vous assurer que le « remède » choisi était réellement approprié. On ne castre pas un mâle pour le plaisir. C'est une responsabilité que vous devrez désormais assumer de façon pleine et entière. Et si Ulysse ne vous pardonnait pas ?

Une fois, deux fois, trois fois. Il cherche à se venger, c'est clair. Le scénario se répète. Branle-bas de combat pour tout laver, chasser l'odeur d'urine qui empeste, qui imprègne et tache les tissus. Vous êtes à bout de nerfs. Vous vous plaignez à votre meilleure amie qui a quatre chats, trois mâles et une femelle. Dubitative, elle vous conseille d'être patiente. Après tout, c'est un matou qui a l'habitude de vivre dans la rue. Tout rentrera peut-être dans l'ordre au printemps quand il pourra à nouveau mettre le nez dehors. Elle-même garde précieusement ses félins à l'intérieur. Elle craint trop de les perdre, qu'on les lui vole, ou qu'ils se fassent tuer. Une décision qui a le mérite d'écarter toute mésaventure.

Or, le printemps venu, vous avez vous-même envie de bouger. L'appartement est décidément grand pour rien. Vous utilisez votre voiture une fois sur deux pour vous rendre au boulot, parce que vous vous levez de plus en plus tard en raison de la proximité de votre lieu de travail. À l'instar d'Ulysse, vous êtes attirée par les hauteurs. Vous jucher le plus haut possible pour voir loin et monter la garde. Vous rapprocher du ciel. Le nouvel appartement sera situé au quatrième étage d'un immeuble de six. Les chats sont acceptés, vous vous en êtes assurée. Ulysse devra s'adapter. Son rayon d'action restera limité aux quatre murs de l'appartement. Ulysse cloîtré. Ulysse emprisonné sur l'île de Calypso. C'est plus fort que vous. La culpabilité vous ronge déjà. Encore. Pourquoi est-ce toujours si compliqué avec les chats ?

Une de vos amies qui est tombée sous le charme d'Ulysse depuis que vous l'avez recueilli suggère une idée impossible à repousser. Elle habite un quartier de la ville près de la rivière et d'un boisé. Le matou y coulera des jours heureux. Forcément. La nature profonde d'Ulysse. On ne donne pas ce nom à un chat pour en faire un chat de maison.

Vous avez mis du temps avant de comprendre mais, cette fois, vous êtes bien domptée. Plus d'histoires de chat. Jamais. Vous n'êtes pas douée avec les bêtes. Elles vous fuient, vous abandonnent ou vous résistent. Vous n'avez pas la patience qu'il faut pour en prendre soin.

La litière puante à vider. Les poils qui collent aux tapis, aux vêtements, en mottons sur le plancher. Les démarches qui n'en finissent plus chaque fois que vous devez vous absenter pour que quelqu'un vienne nourrir le chat. C'est le souvenir que vous gardez. Quand même : vous continuez de *liker* les photos de chats sur les réseaux sociaux. Ne sont-ils pas irrésistibles ?

Résister. Vous vous répétez le mantra. Résister à la tentation.

Vous êtes en vacances dans la région du Bas-du-Fleuve, chez votre meilleure amie qui a cinq chats. Elle rentre d'une escapade de quelques jours chez une autre amie. Vous gardiez le phare en attendant. Elle a téléphoné plus tôt pour vous prévenir. Elle ne sera pas seule. Vous la trouvez bien mystérieuse. Elle n'a rien voulu dire. Aurait-elle rencontré le grand amour ?

Le chat sort vite du sac. Plutôt non, *les* chats.

Elle dépose la cage de transport sur le plancher de son bureau, surexcitée. Avec les meilleures justifications du monde. *Leur mère les a rejetés, ils ne sont même pas sevrés. Ils allaient mourir. Je ne pouvais pas les laisser là. Attends de voir, ils sont trop craquants !*

Vous vous tenez à distance. Mi-curieuse, mi-agacée. Trois chatons ! Mais à quoi a-t-elle pu penser ? Une première boule de poils apparaît. Multicolore. Frondeuse. Le cul tiré vers le haut, tellement qu'on la dirait perchée sur des talons. C'est la femelle. La seule de la portée. La plus brave, apparemment. Elle n'a pas hésité un seul instant en sortant de la cage. Elle s'est dirigée droit vers vous, qui pliez du genou. À quatre pattes au sol, bientôt à plat ventre, vous l'observez de plus près et constatez comme votre amie la beauté exceptionnelle de l'animal. Sa robe d'Espagne en particulier. Ses marques noires, rousses et blanches composent des formes qui rappellent les taches d'encre du test de Rorschach. Vous êtes dangereusement happée par le dessin qu'elles révèlent. L'expression d'un destin impossible à fuir ou à contourner. Votre vision s'embrouille un moment avant de devenir claire, extrêmement claire. Comme une lentille qu'on ajuste pour obtenir un meilleur *focus*.

La chatonne vous a choisie. Votre amie insiste. *C'est fou, avoue, elle est venue directement vers toi, ses petites fesses en l'air, une vraie séductrice.* Justement. Elle a dû flairer que vous étiez une proie facile. Vous êtes à court d'arguments. Ses frères sont moins spectaculaires. Et, comme s'ils savaient, les chatons se font discrets, cherchent à se cacher. Votre amie veut les rassurer, s'en empare délicatement, maternelle, tandis que l'autre, la petite femelle, continue de se dandiner à travers le fouillis qui règne sur le plancher du bureau. Vous la suivez de près, fascinée, bientôt amusée par son audace. Rien ne semble l'effrayer. Innocente, naïve, candide. Vous pensez à la fillette du fameux conte de Perrault, dévorée par le loup, puis à l'autre version, celle des frères Grimm, dans laquelle un chasseur qui était sur la piste du loup sauve l'enfant et sa grand-mère. Que sa fin soit tragique ou non, l'histoire est sans appel : les femelles sont une espèce en danger. Surtout quand elles sont belles. Et coquettes.

Son parcours erratique la conduit bientôt en lieu sûr. La chatonne a trouvé sa niche. Vous n'en croyez pas vos yeux.

Le mur au fond de la pièce est entièrement couvert de livres, du sol au plafond. C'est auprès d'eux qu'elle semble vouloir établir ses quartiers. Vous vous avancez pour en être vraiment certaine. L'œuvre complète de Colette ! La chatte ne pouvait pas mieux tomber. C'est un signe, à n'en pas douter. Colette : elle vous indique même son nom. Avec elle, vous serez en pays de connaissance. N'êtes-vous pas une femme qui écrit ? Une femme sans homme depuis longtemps, et contente de l'être ? Une femme qui a payé le prix fort pour gagner sa liberté ?

Vous repartirez quand même sans elle. Elle restera avec ses frères jusqu'à l'automne. Votre amie a promis de bien s'en occuper. Elle a l'habitude avec les chatons. C'est mieux. Vous craignez de ne pas être adéquate face à une si petite bête. Celle-là, vous vous promettez de ne pas l'échapper. Vous vous imaginez déjà en train d'écrire, Colette tout à côté, ronronnante. Vous pensez aux futurs clichés de vous, Colette sur vos genoux pendant que vous lisez dans un fauteuil. L'image parfaite d'un bonheur tranquille. Littéraire.

Cet automne-là, les choses ne se passent pourtant pas comme prévu. Septembre tire à sa fin. Encore un mois avant l'arrivée de la féline. Vous sortez, vous profitez de toutes les occasions qu'on vous offre, cinq à sept, lancements de livres, expositions. La solitude ne pèse plus autant. Vous envisagez la fin, la sortie d'un long tunnel qui a commencé avec la dernière rupture amoureuse, qui date déjà de plusieurs années. Votre légèreté vous étonne. L'homme qui s'est invité sans prévenir au souper chez votre jeune collègue, son ex-beau-père, est tombé sous le charme. Manifestement. Ses avances vous étonnent et vous ravissent. Le jeu est sans conséquence, vous vous en persuadez. Vous n'êtes ni dans l'effort ni dans le désir de plaire. Vous êtes outrageusement vous-même. Une femme libre qui n'espère plus l'amour.

La suite vous fera mentir. Vous le savez déjà. Vous vous laissez porter, flotter, dériver. La vague vous dépose loin de vos terres. L'homme habite à la campagne. Votre quatre pièces en ville ne fait pas le poids. Il sait comment vous apprivoiser, vous convaincre de passer le plus de temps possible avec 21 lui. Chez lui. N'êtes-vous pas devenue la reine de son beau grand royaume ?

L'arrivée prochaine de Colette, comment faire à présent ? On n'adopte pas un chat pour l'abandonner tous les week-ends. Vous en discutez avec votre amie. Après tout, Colette est habituée de vivre avec ses frères maintenant. Peut-être que ce n'était pas une si bonne idée. Mais votre homme est plein de ressources. Pourquoi ne pas la transporter entre les deux maisons ? Surtout, ne rien changer à vos plans. Il adore les chats. Et il vous adore, n'est-ce pas ? Deux femelles à aimer, de quoi faire bien des jaloux.

L'installation de Colette se déroule sans heurt. Son caractère aventureux a tôt fait de satisfaire aux exigences de sa nouvelle vie. Elle se glisse dans la cage de transport sans jamais dire un mot. Elle en sort comme le polichinelle qui surgit de sa boîte. Trois tours de manivelle et hop ! *Allô, ma belle Colette !* L'homme est amoureux fou. Il s'occupe d'elle mieux que vous ne le ferez jamais. Vous n'osez pas le dire, mais l'idée germe. Vous fait mal. Il sait comment s'y prendre avec les femmes. Comment se rendre indispensable. Il s'occupe de tout. Veille à ce que la nourriture ne manque pas. S'assure du plus grand confort. Répond aux moindres besoins. Puis ses caresses sont longues et chaudes.

Vous abandonnez toute résistance. Avec l'arrivée de l'hiver qui complique le transport de Colette, sans compter la surcharge de travail au boulot et l'appartement qui est sens dessus dessous parce que vous passez tous vos week-ends à la campagne, vous finissez par céder : et si la princesse restait là au lieu de voyager chaque semaine ? Elle serait en quelque sorte votre ambassadrice. Votre projet d'habiter ensemble a déjà commencé à prendre forme. Ce serait une étape logique, non ?

Vous êtes partagée entre le soulagement et un sentiment proche de la culpabilité. Vous avez honte, en fait. Colette a commencé à changer, par votre faute. Elle a grossi. Passe tout son temps affalée sur le divan en attente des caresses de l'homme qui la brosse, la chatouille, la bécote. La princesse en redemande. S'étire, s'allonge sur le dos, roucoulante. Tous les plaisirs sont autorisés. Le thon en conserve, le saumon fumé. Vous vous êtes renseignée, c'est mauvais pour les voies urinaires. Foutaise de vétérinaire, dit-il.

Les premiers signes avant-coureurs surviennent tôt. Mais vous fermez les yeux. Avec de la colle contact.

L'homme est aussi passionné qu'il est impulsif. Et tenace. Surtout quand il s'agit de Colette. Il tient à ses idées, les défend contre vents et marées : les chats peuvent uriner et chier dans une toilette, il l'a lu sur Internet. C'est une question d'entraînement, et c'est tellement plus pratique. Finie, la litière. Colette deviendra célèbre pour sa grande capacité d'adaptation. Vous êtes incapable de vous en réjouir. L'homme est en train de dénaturer la bête.

Colette, votre Colette, est-elle encore une chatte ?

Dans la chambre du deuxième, sous les combles, où vous avez installé votre bureau pour écrire au calme les week-ends, vous l'appelez pour qu'elle n'oublie pas d'où elle vient. *Colette ! Colette ! Colette !* Jamais elle ne tarde. Les livres, les papiers, les crayons, les élastiques, les trombones ont toujours sa préférence. Elle aime chiffonner, dissimuler. Ou vous empêcher de taper sur le clavier. C'est un jeu entre elle et vous. Qui vous manque.

Chassez le naturel, dit-on, il revient au galop.

Un matin, vous avez eu l'audace de menacer : *Si c'est comme ça, je vais passer chercher Colette ce soir.*

Pour éviter d'avoir à faire face à la situation, il profite de votre absence pour s'introduire le jour même dans votre appartement. Colette est jetée avec le reste au milieu du salon. Un monticule d'objets : meubles, lampes, tapis, vaisselle, vêtements. Un geste violent que vous mettrez du temps à digérer. Et à pardonner. Mais il le faut. La relation ne pouvait tout de même pas se terminer de manière aussi bête.

Pour éviter d'éventuels nouveaux dérapages, vous vous entendez sur un point qui ne devra plus jamais être remis en question. Il insiste. Vous promettez. Colette continuera de vivre chez lui, quoi qu'il arrive entre vous. C'est mieux pour 23 elle. Il y a tellement plus d'espace là-bas. En plus des efforts qui ont été consentis pour la dompter. N'a-t-elle pas appris à faire ses besoins comme les humains ?

Dès lors, vous avez tout perdu, mais il est trop tôt pour l'admettre. Le printemps et l'été viendront, offrant de réjouissantes perspectives. Vous avez plus d'un projet avec lui : faire un jardin, rénover la maison, aménager le terrain. Et Colette, que vous rêvez de voir courir, sauvage et libre, à travers champs. La campagne a du bon, après tout. Mais l'homme a connu d'autres expériences qui se sont plutôt mal terminées. Il est loin de partager votre enthousiasme. Il a eu jadis un chat qu'il a dû ramasser à la pelle sur le grand chemin devant la maison. Sa Majesté Colette ne connaîtra jamais un tel sort. Il n'en est pas question. Vous lui arrachez tout de même une concession : Colette a de l'instinct et de l'intelligence ! Vous n'avez qu'à lui apprendre, ensemble. À petits pas.

D'abord ouvrir la porte, pour voir.

L'homme a du mal à respirer. *Allez, vas-y, Colette !* Vous poussez sur ses petites fesses. Elle bouge à peine, avance un peu, se risque sur la terrasse en bois, descend les marches, s'arrête. Les brins d'herbe sont en fête. Un vent léger souffle sur la cour. Colette s'enhardit. L'homme tressaille. Elle va trop loin. Il faut la rentrer.

Demain, Colette, demain.

Ainsi, vous apprenez à renoncer. L'homme manquera de courage pour la suite des choses. Et Colette n'aura jamais le loisir de s'aventurer au-dehors.

Les conséquences de la deuxième dispute seront dramatiques. Il vous fera parvenir un courriel lapidaire pour vous signifier qu'il met un terme à la relation. Sans demander votre avis.

Fin de partie. Troisième prise. Encore une histoire écrite d'avance. Qu'importe, vous dites-vous. L'amour que vous leur portez ne suffit pas. Un chat reste un chat. Et vous, une femme sauvagement éprise de liberté.

Chats de secours
Emmanuelle Cornu

THOMAS s'est levé un matin et la moitié des meubles avaient disparu. C'est chouette, ça laisse plus de place pour circuler avec son tricycle. Les peintres sont venus, ça sent le propre. Ne pas foncer dans le mur. Ne pas faire de traces avec son engin, sinon sa mère va le gronder. Tout doit rester impeccable. Immaculé.

On dirait une maison de fantômes.

Thomas écoute les adultes discuter. Il ne les connaît pas, sauf sa mère. Il entend : divorce, déménagement, prix de vente, certificat de localisation, visite libre. Que des mots de grands. Bla bla bla. Les adultes parlent pour ne rien dire, Thomas ne comprend pas l'expression dans leur visage, leurs yeux sérieux, leur rire niais, leur sourire factice.

La mère de Thomas serre la main des visiteurs. Au revoir.

Elle se penche sur son fils et lui caresse les cheveux. Sa peau empeste le parfum de monsieur. Thomas rejette le câlin et propulse son véhicule dans le sofa. Sa mère, pâle et triste, ne réagit pas. Thomas la dévisage et crache à ses pieds. Sa mère prend un mouchoir et essuie ses souliers. Thomas se met à la frapper, à hurler à tue-tête.

Sa mère le saisit et l'immobilise.

Elle murmure à son oreille : chut, chut, calme-toi, mon poussin, ces messieurs sont partis, c'est fini, viens, mets ton manteau, je t'amène quelque part, ça s'appelle un refuge, on va se choisir un chaton, tu en rêves depuis longtemps, viens, mon amour, oui, je sais, tu veux un mâle au pelage roux, je t'aime, mon garçon. Viens, mon minet.

Thomas rigole, les joues rouges d'une tristesse évanouie.

Ils partent les mains vides. Ils ne possèdent pas de cage de transport ni de bac de litière, de croquettes pour chaton, de lit adapté. La mère de Thomas a improvisé. Elle a fait disparaître la peine de son fils. Prestidigitatrice hypocrite, elle sait 25 que le pansement restera provisoire. Tôt ou tard, la vague de chagrin avalera Thomas.

Mais pas aujourd'hui.

La mère de Thomas se gare devant le centre d'adoption. Thomas trépigne d'impatience, se bat avec sa ceinture de sécurité, peine à respirer. Il va imploser de joie. Sa mère vient à son secours et le libère. Ensemble, ils entrent dans l'immeuble. Ils sont deux. Seulement deux. Cellule familiale nouveau genre. L'odeur et le bruit les atteignent de plein fouet.

Les murs sont couverts de cages.

Ça jappe, ça miaule, cacophonie étourdissante. Des yeux, partout. Lumineux, larmoyants, terrifiés, blessés, indifférents. Que des chiens et des chats adultes. Thomas fait plusieurs fois le tour du propriétaire. Peine perdue, il n'a pas repéré les bébés. Déconfit, il reprend la main de sa mère. Confiante, elle le guide vers la réception.

La pouponnière est remplie de boules de poil.

Une gigantesque cage à perroquet trône derrière le comptoir. Les chatons grimpent aux barreaux et se chamaillent, gravissent les paliers, se foutent des baffes, se mordillent. C'est la pagaille. Une vraie cour d'école. Thomas, émerveillé, observe ce chaos organisé, cette lutte de pouvoir orchestrée par une seule et même entité : l'ADN félin. Immuable.

C'est écrit : les clients ont le droit « d'essayer » un chat.

Une salle d'apprivoisement est mise à la disposition des futurs adoptants. Thomas hésite et choisit une minuscule bête répondant à ses désirs les plus fous. L'animal tremble contre son corps, Thomas le caresse, le réchauffe. Nul besoin de se rendre dans la pièce spéciale, Thomas s'est déjà trouvé un ami. Sa mère sourit.

Dossier réglé.

Ou non. Le chat s'échappe des bras de Thomas, retourne à la nurserie et tente de se glisser entre les barreaux. Thomas et sa mère admirent la scène. À l'intérieur, une minette s'accroche aux pattes du fugitif. Bisou, bisou, museau, museau. Le technicien éclate de rire et les traite d'inséparables. Ils sont frère et sœur. La question ne se pose pas.

Thomas et sa mère prennent une décision sans même se consulter.

Ils repartent avec deux bêtes. Deux bébés. Deux chats de secours. Ils s'arrêtent à une animalerie, remplissent le véhicule du nécessaire à la survie des peluches survoltées. La caisse de transport a été déposée à côté du siège de Thomas. Il tient la poignée avec fermeté, ses jointures le font souffrir.

Thomas et sa mère reviennent à la maison.

Thomas laisse courir ses nouveaux amis, leur lance des balles, joue à la cachette avec eux. Ses cris de joie résonnent jusqu'au fond des chambres, du garage, de la cour. Sa mère les regarde jouer et sourit. Elle sait. Elle a réussi.

Source de distraction extraordinaire, les petites bêtes aideront Thomas à survivre au divorce de ses parents.

Le massacre des chats
Jean Pierre Girard

Les idéaux sont à l'épreuve des balles.
V dans *V pour Vendettta*,
réalisation de James McTeigne, 2005,
scénario des frères Wachowski,
d'après un roman graphique
de David Lloyd

JE NE SUIS PAS ARMÉ. Je veux dire : je ne porte pas d'arme réelle sur moi. Sauf ce fil de fer dans ma poche, enroulé à ma main gauche pour l'instant, fil tranchant, un peu plus d'un pied, dans votre monde on parlerait en centimètres, alors disons quarante, un fil qui fait l'affaire mieux que n'importe quel couteau, mais vous ignorez de quoi je parle, vous n'imaginez pas la fureur, la vraie rage, vous la vivez par procuration, vous, c'est grotesque ça aussi, sortez, marchez.

Quand je viens, rue Saint-Séverin, retoucher inlassablement mon œuvre, je la sens battre dans mes paumes, cette vraie rage que je ne cherche plus à maîtriser.

Je ne viens plus aussi souvent.

Je crois que j'ai réussi à semer la peur ici, et je me méfie bien entendu des gens qui ont peur.

J'ai retenu longtemps cette étrange fureur ; j'ai marché et j'ai lu. Et j'ai égorgé des chats ce faisant, bien sûr, peut-être pas une centaine encore, mais c'est imminent. C'est beauté. Et j'estime que c'est la seule solution, et qu'ainsi la tradition viendra à bout de toutes ces demeures hors de prix.

Je les ai égorgés, puis disposés ici et là, parfois pendus, comme dans *Tu ne tueras point* ou comme dans le film avec Arditi, dans le milieu, j'ai retrouvé au cinéma plein de chats pendus, tellement, c'est presque offensant comme image, c'est presque offensant comme symbole, j'imagine que vous aimez encore les symboles, vous.

28

Pourquoi les tuer ?

Pourquoi les pendre ?

Mais c'est évident. C'est tellement évident.

Et qui êtes-vous pour poser pareilles questions ?

Il *fallait* les tuer.

Il *fallait* les pendre.

C'est simple.

C'est simple et c'est tout.

Et qu'est-ce que vous croyez connaître de la mort, dites-moi, pour vous adresser à moi sur ce ton ?

Avez-vous déjà tordu le cou d'un chat ? Avez-vous seulement déjà aperçu la terreur en fuite dans ses yeux ?

De quoi parlez-vous, alors ?

Avez-vous déjà remarqué, avez-vous déjà vu comment il s'étrangle lui-même, comment il gigote et accélère sa fin, et le fil de fer, le nœud qui se resserre à chacun des mouvements désordonnés de son corps, avez-vous senti les griffes d'un chat sur votre avant-bras, et son râlement de fauve, l'avez-vous entendu quand il sent la mort, et comment son corps se tend, et ses yeux terrifiés fixés sur vous, et ses pupilles énormes, qui sortent de leur cavité, qui vous avaleraient, son cœur qui accélère, qui explose contre votre torse, quand vous le serrez sur votre poitrine, jusqu'à ce qu'il échappe ce dernier râle terrible ? Au minimum, avez-vous déjà noyé un chat ? Le maintenir sous l'eau, dans une poche, dans une baignoire ? Et plusieurs nouveau-nés encore aveugles, dans la même poche, attendre qu'il n'y ait plus de bulles, de signes, d'air, en riant presque, en sachant que c'est nécessaire ?

Qui êtes-vous, dans ce cas ?

Une espèce de larve ?

Il faut regarder en face la vie qui s'achève, monsieur, le grincement glauque de la langue herbeuse du chat, la dernière respiration, la contraction, la raideur quasi immédiate parce qu'elle est d'abord dans votre cœur, tous ces tendons mobilisés vers un cri, un feulement, un ongle sur un tableau noir, puis l'arrêt du souffle, il faut l'avoir vécu pour savoir à qui vous parlez, madame, pour avoir le droit de vous adresser à moi.

29

Quand je viens dans ce quartier, désormais, je porte des gants.

Je ne sais jamais si je serai à la hauteur de mon trait, de mon geste, combien de chats finiront pendus aux poteaux, combien de cadavres pour dresser mon œuvre, cette nuit encore[1].

Notre-Dame-des-Prairies
janvier 2019

---

1. Pour une information plus formelle sur la rue Saint-Séverin, sur le massacre des chats des patrons et sur ce que d'aucuns estiment être la naissance de la lutte des classes, au XVIIIe siècle, voir Robert Darnton, *Le grand massacre des chats*, Paris, Robert Laffont, 1985, ou encore Anne-Marie Mitchell, *Les chats de la rue Saint-Séverin*, Limoges, Lucien Souny, coll. « L'histoire des pays », 2016. On goûtera aussi l'ironie dans le fait que le masque de V, dans *V pour Vendetta*, est une représentation stylisée de Guy Fawkes, membre de la Conspiration des poudres, tentative avortée de destruction de la Chambre des lords, en Grande-Bretagne, 1605. Le masque est d'ailleurs utilisé par Anonymous, mouvement contestataire contemporain dit « hacktiviste » se manifestant notamment sur Internet (Wikipédia).
Un merci attendri à Renée Gaudet, collègue pour laquelle chaque défi est une joie, pour son aide précieuse.

Les chats de sa vie
Odile Tremblay

M<small>A MÈRE</small> a été élevée par des chats. Ou plutôt des chattes aux noms masculins. D'abord, une blanche: Franco (baptisée en l'honneur du général Franco, encore admiré dans le Québec de l'époque), puis Toto Carotte, à la robe bigarrée. Chacune à son tour l'a réchauffée la nuit, lui prodiguant l'affection et l'attention indispensables à tous les humains. Aux petits, surtout.

Enfants, nous connaissions par cœur les traits des félins pédagogues: Franco, bourrue mais tendre, et Toto, fine et inquiète, grande gobeuse de mouches, sans qu'on les ait jamais rencontrés, tant ma mère s'y référait souvent. Sur ses frères et sœurs, sur son père même, elle gardait le silence. De toute évidence, ceux-ci avaient joué un rôle mineur dans l'éducation des premières années, et leurs visages s'évanouissaient au milieu du grand brouillard des amnésies infantiles.

Des servantes l'habillaient, l'envoyaient à l'école. Mon grand-père, avocat à l'aise, occupé, dépressif à ses heures, se délestait sur sa domesticité du soin d'apprêter et de nourrir sa progéniture. Aux chats revenait l'essentiel: accorder à ma mère amour et soutien, recueillir ses confidences de cadette rabrouée par la fratrie, éponger ses larmes et se laisser caresser sans fin derrière les oreilles, en ronronnant de félicité.

De cela et d'autre chose, ma mère nous entretint souvent. Ses souvenirs sont si imbriqués aux nôtres qu'on éprouve du mal à les départager. Avec le trou noir d'une absence jamais comblée.

Je la revois presque lire dans l'arbre aux confins de l'immense propriété paternelle de Lévis. Franco ou Toto Carotte l'y rejoignait en guettant du coin de l'œil quelque oiseau. Les religieuses visitandines, derrière le mur mitoyen, égrenaient leurs prières au vent.

Le bonheur est parfois fugace et s'accroche aux branches basses d'un érable à Giguère. Surtout quand le chat botté du conte de Perrault infiltre des rêveries en s'écriant : «Au secours ! Mon maître le marquis de Carabas se noie ! » Ma mère attendait ses visites. Il ne s'annonçait pas avant de surgir. Le félin imaginaire lui narrait ses exploits. Toto Carotte se recroquevillait, jalouse.

Même le chat du Cheshire, réduit à son seul sourire carnassier, émergeait d'*Alice au pays des merveilles* pour pénétrer le monde de l'enfant solitaire, isolant ma mère des humains volubiles dont la pointe des chapeaux s'agitait rue Saint-Georges. «J'ai déjà vu un chat sans sourire, mais jamais un sourire sans chat », songeait-elle à la suite d'Alice, en souriant de concert. Mais les larmes suivaient vite.

C'est que ma grand-mère, tuberculeuse et confinée au sanatorium, avait délaissé plusieurs années durant la grande maison lambrissée. Les carences affectives de sa petite dernière étaient comblées de leur mieux par des bêtes à poil doux, avec force lacunes pédagogiques, pardonnables, certes, mais lourdes de conséquences...

Quand ma grand-mère revint au bercail, un poumon et demi en moins, elle fit tuer Toto Carotte, au chagrin inouï de son enfant ; affolée je crois par les liens trop étroits qui unissaient chatte et fille, et cherchant à reconquérir celle-ci, à la ramener au royaume des humains. En vain !

À l'âge adulte, ma mère était demeurée mi-femme, mi-chatte, joueuse et enfantine, changeante, sortant sans prévenir ses griffes ou ses pattes de velours, tâchant parfois de recréer avec l'un d'entre nous l'osmose primitive du sphinx à visage humain et à corps de chat. On émergeait de son giron tour à tour perplexes, méfiants et séduits. Pas très assurés sur nos pattes. Si vulnérables...

Avoir des chattes à la place d'une grand-mère peut être source d'angoisse, mais également d'orgueil. Longtemps, j'ai eu l'impression d'appartenir à une lignée mythologique, comme les anciens pharaons, m'identifiant aux demi-dieux familiers des sommets de l'Olympe et de la terre des hommes. L'imagination était mon palais, ma filiation baroque, un titre de noblesse. On s'affirme rêveur d'une génération à l'autre.

Surtout quand des chats s'agrippent, toutes griffes dehors, à votre arbre généalogique.

Même sous l'emprise de la maladie d'Alzheimer, ma mère n'avait jamais oublié les complices de son enfance ni renoncé aux caresses félines. Sa Noiraude est sa compagne de sommeil et de veille, cajolée sans fin, observée jusqu'à l'obsession.

«J'ai commencé ma vie avec une chatte blanche, je la finirai avec une noire», résumait-elle, encore lucide, cramponnée à des poils doux, au seuil du naufrage.

Parfois son existence, pourtant si active, se résume dans ma pensée à la chaîne des chats qui l'ont traversée : Pantoufle, à l'innombrable descendance, Cléopâtre, noire et acariâtre, l'enjoué Fanfaron. Et cette fidèle Noiraude, vieille, infirmière à ses heures, qui l'assistait aux heures d'angoisse, la réveillait quand des cauchemars atroces la faisaient tressauter.

Il me semble depuis lors que mari, enfants, passions, travail et amis ne furent auprès des félins de sa vie que des ombres presque effacées dans les replis d'une mémoire en fuite. Je leur laisse préséance et m'incline. Mais c'est dans la lecture d'écrivains chats, Colette ou Léautaud, que je cherche à tâtons mon héritage.

Et dehors, je salue du cap tous les matous et minettes de ruelle pour sentir leurs troublants regards de connivence. Ils me reconnaissent. Nos secrets sont profonds, nos liens fragiles et douloureux. Je leur dois tout et rien : un appel, un glissement furtif, un manque, une peur, un ronron sans retour.

Camus et son Étranger
Suzanne Myre

Pour Coquette.
Et Denis.

J E NE COMPRENDS PAS pourquoi le sort s'est ainsi abattu sur moi. Je n'étais pas si mal dans ma cage à la SPCA. J'avais des visites tous les jours, de personnes différentes, et indifférentes. Des caresses, des mots doux, une nourriture potable, une litière bien nettoyée. On me laissait faire un tour dans la salle des visiteurs, mais le prix à payer était de me faire taponner par un éventuel adoptant emballé par mon panache, qui devenait indécis, puis carrément mécontent quand il voyait que je me fichais de lui. C'est que j'étais beau, bien que je vienne d'une lignée de bâtards de père en fils, le poil ras mais dru et doux, d'un joli roux mêlé de striures blanches, toutes au bon endroit, réparties avec goût jusque sur mes pattes de devant, pattes avec pouces, s'il vous plaît.

Je ne voulais pas d'un nouvel esclave, j'avais eu le meilleur. Mon seul désir était qu'on me laisse finir mes jours tranquillement dans ce milieu peuplé d'anonymes auxquels je n'aurais pas le temps de m'attacher avant de pousser mon dernier soupir. Je souhaitais qu'il survienne dans un court laps de temps, mais c'était m'illusionner ; j'avais une santé de fer et j'étais jeune, à peine cinq ans, la fleur de l'âge, là où on est selon moi à son apogée, surtout si on a été gâté autant spirituellement qu'alimentairement par un propriétaire hors du commun.

Mais il a fallu qu'ils fassent une journée spéciale « Adoptez-nous à moitié prix ». À moitié prix ! Je ne l'ai pas pris personnellement, c'est ce que mon précédent propriétaire qui lisait *Les quatre accords toltèques* m'a appris. Enseignement numéro deux selon Don Miguel Ruiz : « Quoi qu'il arrive, n'en faites pas une affaire personnelle. » Ce qu'il a appliqué avec sagesse, quand il a chopé son cancer, le pauvre, pauvre homme, un homme si bon. Les yeux embués, il m'a regardé en disant :

« Ça n'arrive pas qu'aux autres, mon cher Poilu, ça m'arrive à moi, même si j'ai pris un soin scrupuleux de ma santé. Je vais devoir, dans quelque temps, te placer temporairement en famille d'accueil, car les traitements vont me clouer à l'hôpital et je ne pourrai plus m'occuper de toi. Je suis désolé, je t'aime tellement et je vais faire en sorte que tu trouves un super maître, auquel je vais laisser les instructions pour qu'il s'occupe de toi comme tu le mérites. J'étais certain de mourir avant toi. Tu es un bon gars, Poilu, le meilleur, j'ai été gâté, j'espère que tu garderas un bon souvenir de moi. »

Malheureusement, il est mort avant de procéder à mon placement, et je me suis retrouvé au refuge. Chaque jour, je pense à lui, chaque jour. Je ne sais pas si j'ai moi aussi un pancréas, si oui, qu'il crève et moi avec lui, qu'on soit réunis, moi et mon bon maître.

Je l'aimais, autant qu'on puisse aimer un humain, plus encore depuis qu'il n'est plus là. J'ai appris beaucoup à son contact puisqu'il lisait les passages préférés de ses livres à voix haute, comme si je pouvais comprendre. Le fait est que je comprenais, je ne sais pas comment ça se fait, mais j'ai fini par me faire aux intonations des mots, puis par en comprendre peu à peu le sens. J'ai fait les mimiques nécessaires pour qu'il voie que j'aimais ça, que j'en voulais plus et plus encore et comme on était *connectés*, il a compris. J'ai eu la chance de « lire » la bouddhiste Pema Chödrön, il voulait m'inculquer de la sagesse, c'était selon lui plus important que la connaissance. Il m'a servi toutes sortes de nourritures littéraires, même celles à l'eau de rose, pour que je sache faire la différence entre le croquant et le mou. Roulé en boule sur ses jambes, ou assis sur mon derrière comme un élève attentif, je fixais mon regard sur les pages pour lui montrer que, peut-être, moi aussi je savais déchiffrer les caractères d'imprimerie. Il lisait patiemment, en détachant bien les syllabes, convaincu que j'absorbais la matière et que cela me rendait intelligent. Il avait raison. Je suis devenu lucide, à mon grand 35 désarroi, car je n'en manquais plus une. Après l'annonce de son cancer, d'éveillé je suis passé à cynique, et c'est bien le pire qui pouvait m'arriver.

C'est à cause de ce genre d'activités d'adoption bas de gamme qu'on finit avec des propriétaires pingres, qui n'auront jamais les moyens de nous faire bouffer autre chose que de la nourriture de marque générique. Ils veulent un animal mais n'en ont pas les moyens et ils se précipitent au portillon dès l'heure d'ouverture pour nous arracher à notre confort et nous foutre dans leur bordel. C'est ainsi que je me suis retrouvé à devoir vivre avec ce qu'on peut imaginer de plus fâcheux en matière de propriétaire : un écrivain. Aspirant l'être, le devenir si ça peut. Mâle. Quarantenaire.

●

Sa face de blaireau, au tiers cachée par un bouc qui, loin de lui donner un brin de noblesse, lui enlevait le peu de crédibilité qu'il aurait pu avoir avec une barbe normale, l'odeur de cannabis émanant de ses vêtements plutôt négligés, sa posture aux épaules tombantes, son timbre de voix calculé, sa petitesse globale… Tout ça m'a sauté aux yeux dès qu'il a pointé son long index vers moi en disant :

Lui, c'est lui que je veux, le roux.

Je me suis tapi au fond de la cage, le derrière à moitié dans la litière, pour démontrer que je n'étais pas celui qu'il lui fallait du tout, que j'étais un cochon qui aimait se vautrer dans ses déjections.

Mais lui avait sa propre idée sur la chose. J'ai bien vite appris ce qu'elle était : il était — se croyait — écrivain. Or, tout écrivain se doit de posséder son chat, c'est une question de vie, de mort, de réputation, d'inspiration, enfin tout ce charabia que je l'ai entendu débiter dans son cellulaire dès qu'il a foutu ma cage dans son entrée en m'y oubliant pour proférer toutes ces vérités à je ne sais laquelle de ses flammes en cours, car cela aussi, avoir un chapelet de maîtresses, était 36 apparemment nécessaire à son statut. Comment cela était-il possible, avec sa face de plouc, qu'on me le dise donc, s'il vous plaît !

Notre quotidien s'est vite dessiné et j'ai compris ce qu'il voulait de moi, et cela n'avait rien de spirituel : que j'adopte les comportements attendus du chat mignon dont on pouvait ensuite se vanter à tout vent. Me coucher sur son clavier d'ordinateur = photo. M'installer sur le rebord de la fenêtre avec un air pensif = photo. M'asseoir à côté de son oreiller sans bouger, les matins, pour qu'il se réveille avec l'impression que je suis une entité divine qui aura veillé sur son sommeil = photo. Puis patouiller sur son torse en ronronnant, cela, cela me dégoûtait au plus haut point, mais c'était selon moi la meilleure façon pour qu'ensuite, content, il me fiche la paix pour un moment. Le summum de la dégueulasserie, c'était sans contredit d'observer ses ébats amoureux à la seule fin d'augmenter la quantité de vibrations positives et de couinements chez ses conquêtes féminines qui s'extasiaient tant devant ma présence dans la chambre à coucher pendant qu'elles étaient à poil et prêtes à toutes les acrobaties = photo de moi couché sur les sous-vêtements de ces dames. Je me suis vite retrouvé sur Facebook et Instagram, là où pullulent à leur corps défendant ceux de mon espèce.

Pourquoi me livrais-je à ces comportements de chat de bas étage, moi qui étais plus cultivé et intellectuel que lui ? Je ne sais pas. Je pense que je couvais un genre de dépression, à la suite de la mort de mon précédent maître que j'appelais niaisement « esclave », alors qu'incontestablement il était mon maître adoré, celui pour qui j'aurais fait les plus viles chorégraphies s'il les avait exigées de moi, mais il était trop noble, lui, pour m'imposer d'être ce chat ordinaire que j'étais, passivement, en train de devenir. Je me sentais mort par en dedans, indifférent à tout. J'observais les pantomimes de cet Étranger avec lequel je n'avais aucune affinité en espérant qu'il meure, lui aussi.

Camus, viens, viens, mon beau matou manitou. Ce que tu es beau !

Ce qu'il était con, et soûl. Je suis sûr qu'il n'avait même jamais ouvert son exemplaire de *La peste*, qui s'empoussiérait sur sa table de salon, là où siégeaient cendriers pleins et sacs de chips froissés. J'ai tout de même suivi son ordre, dans l'espoir qu'il m'ouvre une *can*. Il m'avait baptisé Camus même si j'étais identifié en tant que Poilu sur ma cage. Il avait dû se dire qu'avec un prénom qui rime, je m'y ferais.

Il n'y a pas eu de bruit de conserve. Il voulait seulement me photographier pour changer sa photo de profil sur FB. J'ai adopté une pose de chat en manque de nourriture molle. Bien entendu il n'a rien vu de cela, il n'a fait qu'arranger ma queue en la plaçant dans une position anormale et puis, comble de bêtise humaine, il a déposé un béret sur le dessus de ma tête. Comme si ce n'était pas assez, il a enroulé son foulard poisseux autour de mon cou. Il voulait faire de moi une version chat de lui, version donc forcément plus intelligente que l'original mais, même après qu'il eut déposé une cigarette, fort heureusement éteinte, entre mes pattes, j'avais l'air mille fois supérieur à ce clown. Alourdi par tout ce tissu insalubre, je ne pouvais guère bouger sans faire tout tomber alors je suis resté là, en attendant la fin du supplice. Satisfait après avoir cliqué quinze fois sur son cellulaire, quelle invention de troglodyte, il s'est empressé de publier le produit de son génie sur FB, espérant ainsi avoir des centaines de *likes* en moins d'une heure. Puis il me l'a enfin ouverte, cette conserve de la marque du magasin, mais je m'en fichais ; à ce stade j'aurais bouffé du rat mort.

J'ai fini par m'imposer la curiosité de lire ce qu'il s'évertuait à écrire, son prochain chef-d'œuvre, comme il disait en pontifiant au téléphone à qui désirait subir sa logorrhée, ses amis tellement au stade terminal de l'ennui qu'ils préféraient encore l'écouter parler de lui plutôt que de faire quelque chose de vraiment divertissant, par exemple trouver une façon rigolote de se suicider. C'est qu'il y croyait vraiment, à son truc, cet idiot, il ne désirait qu'une chose : qu'on voie

sa tronche dans le cahier des arts du *Devoir*, de *La Presse*, de

L'Actualité, puis à *Tout le monde en parle*, puis être interviewé par Emmanuel Khérad à *La Librairie francophone*. Bref, tout le tintouin dont l'apothéose serait de devenir ami avec Houellebecq ou Beigbeder, après avoir passé une soirée avec Amélie Nothomb mais, là, je trouvais qu'il dépassait les bornes, surtout qu'elle était probablement lesbienne, alors que les deux autres étant des machos finis dans son genre à lui ça restait dans le domaine du possible.

Faisant mine de vouloir être près de mon idole adorée, tel qu'il s'imaginait l'être pour moi, je me suis installé sur son bureau, le museau pointé sur l'écran de son ordinateur portable. Après un quart de page, j'ai eu un hoquet. Était-ce à cause de ce que je lisais (« Bien que reconnaissant le caractère bien trempé de Juliette, en plus de sa beauté et de son corps digne d'une figure de la Renaissance, il avait la ferme intention de s'en tenir à une simple appréciation visuelle, comme s'il admirait une œuvre d'art qu'il ne pouvait toucher, dans un musée. La petite sœur de César ne pourrait jamais devenir sa maîtresse. Il avait appris à ses dépens, avec la seconde épouse de son père, que les femmes pouvaient être dangereuses ; il faisait depuis preuve de prudence... ») ou bien de l'immonde pâtée que je venais d'ingurgiter, je ne saurais dire, tout venait de se mélanger, et dans mon esprit et dans mon estomac. J'ai vomi une boulette molle enduite de poils directement sur son clavier. J'avoue l'avoir fait exprès, car j'aurais très bien pu la régurgiter juste à côté, sur sa souris ou, encore mieux, sur sa main. Je ne savais pas qu'il écrivait dans le style Harlequin. Ça m'a achevé.

Il a nettoyé mon dégât sans me gronder parce qu'il venait de voir que sa nouvelle photo de profil avait récolté cent vingt *likes*, ce qui était plus qu'il avait jamais eu en publiant des passages de son chef-d'œuvre en cours d'écriture, en guise de *teaser*.

Camus, finalement, je devrais faire croire que c'est toi qui écris mon livre !

Oui, vraiment, il devrait, mais je me suiciderais de honte si j'étais associé à ça. La photo de moi-lui, car c'est ainsi qu'il la voyait, s'est retrouvée sur la Toile, partout. Il l'a toutefois rapidement modifiée, en remplaçant la cigarette par un stylo-bille, vu les nombreux commentaires réprobateurs qu'il avait reçus. « Je suis si déçue de savoir que Camus est un fumeur, il va se ruiner la santé et ses poils vont sentir mauvais ! » C'est que Camus était un fumeur, ignorants parasites !

Notre vie a continué, entrecoupée de ses manies, car Dieu sait qu'il en avait. J'étais habitué à un maître à la vie rangée, normale, qui partageait son temps entre lectures, cuisine et séries télé danoises, je pouvais participer à tout cela, lire un polar, confectionner un chop suey, écouter un épisode de *Borgen* et de *Broen* en ronronnant. Mais, voilà, je n'aimais pas danser sous l'effet de l'alcool à moitié nu sur la table du salon, je n'aimais pas baiser des filles à la chaîne, je n'aimais pas manger des pizzas surgelées, je n'aimais pas rester debout toute la nuit en regardant des choses suspectes sur un ordinateur, je n'aimais pas parler de moi sans arrêt, je n'aimais pas me regarder dans le miroir pour tenter d'y voir mon génie, je n'aimais surtout pas me faire croire que j'allais révolutionner le monde avec mon premier livre et, pour finir, emmerder les gens en leur servant des morceaux choisis pour recevoir leur bénédiction.

Hier soir, il gueulait dans son cellulaire — pourquoi les gens se sentent-ils obligés de parler si fort dans ces machins ? Il disait :

— Viens ce soir, je vais bouffer ta chatte, je suis bandé juste à y penser. Oh, Mylèèèèène !

Je ne sais pas de quelle chatte il parlait au juste, celle de sa copine probablement, une pauvre bête qui ne s'attend sûrement pas à finir au chaudron. Ou était-ce une métaphore ? Mon autre maître n'avait pas ce genre de langage ambigu. Mylèèèèène devait être récalcitrante à l'idée de lui laisser manger sa chatte, car il en rajoutait, on l'entendait sûrement jusqu'à sur la planète Mars. Il devait être *stone* ou soûl, comme toujours, il miaulait et avait l'air de se trouver très spirituel. J'ai réussi un rictus, proche du sourire, puis à force d'étirer la bouche de chaque côté, j'ai éructé ce qui a ressemblé à un rire, si bien qu'il s'est arrêté de parler pour me regarder, la gueule pendante. Il a dit :

— Mylène, je pense que mon chat est possédé. Il a ri. Non, pas de moi, poufiasse de mon cœur, il a juste ri. Camus, tu es un démon, je savais que j'avais bien fait de te choisir. Je t'aime.

Il a laissé sa copine poufiasse de son cœur pour aller m'ouvrir une boîte de mou. Je savais que je n'aurais qu'à rire, maintenant, pour obtenir autre chose que des croquettes. Toutefois, je n'allais pas en rester là. Il fallait me débarrasser de cet être fat qui prétendait m'aimer, ou qu'il se débarrasse de moi, et ce n'est pas en comblant ses désirs que j'allais y arriver. Après que j'eus mangé ma pâtée et qu'il fut parti rejoindre Mylèèèène, je me suis toiletté, puis installé dans la position du lotus, ou ce qui y ressemble, pour réfléchir à ce qui pourrait le plus indisposer mon écrivain. J'ai besoin d'être propre pour mettre mes pensées en ordre.

Il laissait toujours son ordinateur ouvert, au cas où « la muse » s'emparerait de lui. Il disait que ça pouvait arriver à toute heure du jour et de la nuit. Or, la nuit, il ronflait comme un camion. Je ne l'avais jamais vu se lever pour encrasser le clavier du produit de son imagination ; normal, il n'en avait pas.

Je savais très bien sur quelles touches marcher pour effacer tout son texte. CTRL ALT SUPPR, pas besoin d'être un humain pour savoir ça. Mais il avait sûrement une copie de sauvegarde. Chier sur son clavier, de façon à ce que toutes les touches se colmatent ? Ça ne changerait encore rien. Pourquoi est-ce que je ne me sauvais pas, tout simplement, dès l'ouverture de la porte ? Étais-je rendu à un stade ultime d'autodestruction ? La vie de chat errant n'était-elle pas préférable à cette prison ? Me jeter sous les roues d'une voiture et c'en serait fait de ma misérable vie et, avec un peu de chance, j'en serais à ma neuvième, ça en serait donc aussi fini de mes réincarnations. Je me fous de savoir ce qui vient après. Je visualise mon ancien maître, Édouard, et je prie, comme il me l'a montré, je prie pour le rejoindre, car il paraît que la première personne que l'on rencontre là-haut est celle 41 qui a eu le plus d'importance pour nous, dans notre dernière vie terrestre.

Mais… pourquoi chercher à ruiner la vie et les espoirs de cet aspirant au panthéon de la littérature ? Qui étais-je pour décider de son destin ? Pourquoi est-ce que je le haïssais à ce point ? Quel était le but de ma vie et y en avait-il un ? Pourquoi m'obstinais-je à rester attaché à Édouard ? Étais-je dans la résistance ?

Je suis sorti de ma posture de lotus, ça n'allait pas du tout, mes pensées comprenaient trop de points d'interrogation. Pensif, je me suis assis devant le clavier de son ordinateur. Je devais me calmer : tant de haine et de colère, cela n'avait pas de sens, Édouard ne m'avait pas élevé ainsi.

Je vis tout à coup qu'un des dossiers s'intitulait : « Camus ». J'ai posé la patte sur la touche pour l'ouvrir.

« 6 septembre. Camus vit chez moi depuis à peine quatre jours. Je pense que je suis en amour pour la première fois de ma vie. »

« 17 septembre. Mylène me dit que je manque d'hygiène, physique et mentale. Consulter un psy, raser mon bouc que j'ai pris tant de temps à perfectionner, cesser de fumer du *pot* et de boire. Elle m'en demande trop. Camus me prend comme je suis, lui. Il m'accepte, aussi désespéré que je sois. »

« 4 octobre. J'aimerais être Camus. Il m'est nettement supérieur. Il est plus qu'humain. »

« 14 octobre. Tout ce que j'écris est de la merde. Mes relations sont de la merde. Il n'y a qu'avec mon chat que je sens n'avoir rien à prouver. Je songe à le rebaptiser Jésus. Bon sang, je dois arrêter de boire. »

« 19 octobre. Mon appartement est un fouillis. Depuis la mort de mon frère, je n'ai rien nettoyé. Ses cendriers pleins, les derniers sacs de chips qu'il a mangés, la vaisselle qu'il a salie, son lit défait. Je me sens incapable de toucher aux dernières choses sur lesquelles il a posé la main. Heureusement que Camus est là, il est une consolation dans mon désert affectif. »

« 26 octobre. La photo de Camus a reçu plus d'amour que tous les extraits de mon livre que j'ai publiés. Clairement, sa venue dans ma vie a un sens : prouver ma nullité. J'abdique, je renonce à ma prétention d'écrire et vais me consacrer à... à je ne sais pas encore. »

« 29 octobre. Toutes ces femmes, j'abuse d'elles. Elles ne remplissent pas ce vide laissé par la mort de mon frère. Il est temps que je me ressaisisse. Que je cesse d'étirer ce congé de maladie et que je retourne au travail. Je me demande si Camus supportera de passer ses journées seul. »

« 2 novembre. Je crois que mon chat est plus qu'un chat. »

J'ai fermé le dossier.

Il n'y a de tragédie que celle des humains, il n'y a pas de tragédie féline. J'étais en train de la créer, j'étais en train de réduire ma vie de chat à celle d'un humain, faite d'intolérance, de tristesse, d'insatisfaction et de non-acceptation. Tout le contraire de ce que les enseignements de Pema Chödrön m'avaient appris. J'étais un chat nul. Je devais me déshumaniser et redevenir chat, donc adopter insouciance, légèreté d'être, amour de l'humain qui m'avait choisi. Cet humain m'aimait, malgré ce qu'il était : un être souffrant essayant de composer avec le mauvais sort qui était tombé sur sa vie, tout comme moi. Nous avions tous les deux perdu un être cher. Je n'étais pas à la hauteur de ce qu'Édouard m'avait inculqué.

Une larme a coulé de mon œil. Je savais rire mais je savais aussi pleurer. Ça n'allait pas en s'améliorant, si je voulais redevenir un chat.

J'ai entendu mon Maître entrer. Il s'est assis, a tapoté ses genoux pour me signifier d'y monter, ce que j'ai fait. Il pleurait, lui aussi.

— Camus, c'est fini entre Mylène et moi. C'est ma faute, je n'y ai pas mis du mien. Je l'ai trompée sans arrêt. Je ne la respectais pas.

— Tu ne te respectes pas non plus depuis qu'on se connaît, Maxime.

— Tu as raison. Elle m'a dit que j'étais un type imbu de moi-même, et superficiel, qui se la jouait artiste alors que je n'ai rien d'un artiste.

43

— Qu'est-ce qu'un artiste au fond ? Tu l'es un peu. Regarde comme tes déchets sur la table du salon sont bien désordonnés !

— Ha ! Ha ! Camus, tu es drôle. Ce ne sont pas mes déchets. Ce sont des souvenirs de mon frère. Je n'ai rien touché. Je t'ai adopté pour m'aider à remplir le vide qu'il a laissé dans ma vie. On vivait ensemble. Tu n'es jamais entré dans sa chambre puisque la porte est fermée en permanence.

— Cette porte close sur laquelle j'ai tant gratté ? Dire que tu clamais m'avoir adopté parce qu'un écrivain se doit d'avoir un chat ! Ha !

— Tu vois combien Mylène voyait en moi en me disant que je me la jouais trop ! Est-ce qu'on a commencé sur un mauvais pied, toi et moi ?

— Oui, et sur une mauvaise patte. On ne remplit pas un vide avec une personne, enfin, un chat. Et puis, tu as vu qu'on me préférait à toi sur ta page FB ! Attention avec les chats sur Internet, ils sont les coqueluches, aucun humain ne peut nous concurrencer en matière de mignonnerie.

— Ouin, je ne sais pas si j'étais content ou jaloux. En fait oui, j'étais content.

— Parce que ?

— Parce que je t'aime, Camus.

— Qu'est-ce que l'amour, Maxime ?

— C'est d'avoir acheté du manger mou chez le vétérinaire et non à l'épicerie avant de rentrer. Et un plant d'herbe à chat.

— Tu as tout compris. Enfin, je dirais que c'est un bon début.

•

J'ai mangé avec satisfaction ma pâtée « Suprême du chef aux trois viandes » pendant que Maxime vidait ses bouteilles d'alcool fort dans le lavabo. Puis on s'est installés devant son ordinateur. J'ai attendu son signal et posé la patte sur « Effacer », après qu'il eut mis la flèche de la souris sur son fichier «Texte en cours». Il en a ouvert un nouveau. J'ai vu mon nom apparaître au-dessus de la page: «Camus, mon chat Poilu». Nous nous sommes regardés en souriant et tous les deux, en même temps, nous avons levé le pouce avant de nous faire un *high-five*.

Le mot
Valérie Provost

> Car les hommes condamnent le viol.
> Ce qu'ils pratiquent, c'est toujours
> autre chose.
>
> Virginie Despentes,
> *King Kong théorie*

I l m'a fallu quelques années avant de risquer le mot *viol*.

•

À cette époque, je partageais ma chambre avec Marcelle, une chatte à qui j'avais donné le nom de ma grand-mère. Une nuit, elle m'a réveillée en grimpant sur le lit. Ses ronronnements, plus intenses qu'à l'habitude, étaient ponctués de spasmes. Elle me regardait de ses yeux étonnamment calmes qui semblaient vouloir dire : « C'est maintenant. »

Je l'ai prise, l'ai déposée dans la boîte que j'avais préparée exprès, placée au fond de la penderie. À la lueur de la chandelle pour ne pas la brusquer, je l'ai accompagnée en lui caressant doucement le dos et en lui soufflant des mots d'encouragement. J'ai vécu l'émerveillement en voyant chacun des six chatons sortir d'elle et aller se réfugier dans son pelage, grelottant sous les coups de langue qu'elle leur donnait pour les débarrasser des traces de la naissance. Je me suis recouchée deux heures plus tard, encore émue de la confiance qu'elle m'avait accordée.

Le lendemain matin, il n'y avait que cinq petites boules criantes contre son flanc. J'ai mis quelques heures avant de retrouver celle qui n'avait pas survécu. Elle l'avait enterrée dans un des t-shirts qui gisaient par terre, au pied de la commode, avant de retourner dans la boîte s'occuper de ceux qui vivaient encore.

•

C'était la première fois que je le voyais. J'avais déjà beaucoup bu lorsqu'il était venu me parler. Il devait placer sa bouche très près de mon oreille pour que je puisse l'entendre par-dessus la musique.

J'avais acquiescé quand il m'avait proposé d'aller chez lui. Je l'avais suivi dans le taxi, puis dans son appartement. Je me rappelais confusément avoir accepté de retirer mes vêtements. À aucun moment, je n'avais été forcée à quoi que ce soit. Pourtant, ça ne passait pas. Chaque fois que je repensais à cette nuit-là, je ressentais la honte. L'impression diffuse qu'on m'avait eue.

•

C'est venu subitement, un peu par hasard. J'avais lu *King Kong théorie* durant les vacances de Noël. Avec passion. À chaque page, j'avais l'impression que ce texte avait le pouvoir de changer les choses.

Trois mois plus tard, j'allais faire des courses avant de rentrer à la maison. C'était le soir, je me souviens de la lumière jaune des lampadaires, des taches qu'elle faisait sur la neige le long du trottoir, du temps doux qui m'avait convaincue d'enlever mes gants. Du chandelier que j'ai aperçu dans une vitrine. J'ai tout de suite repensé à Despentes, au couteau dans sa poche. Toutes les deux, nous nous étions tues.

Ce soir-là, sans pouvoir me retenir, j'ai pleuré en remontant la rue Sainte-Catherine. Quelque chose venait de se résoudre, douloureusement. Autour de moi, personne ne s'en préoccupait. La ville en avait vu d'autres.

•

J'ai débarrassé le bureau noir du corridor, celui où trônait la machine à coudre et où s'empilaient les vêtements à réparer, recouverts de poussière. Je l'ai déplacé jusque dans la 47 chambre. Dessus, j'ai installé le vieux PC qui traînait dans le débarras de l'entrée et qui était tout juste bon pour le traitement de texte. J'ai ramené une des chaises de la cuisine et la lampe d'appoint que je gardais au salon.

J'avais tout juste l'espace qu'il me fallait, à l'étroit entre le mur et la commode. Derrière moi, les chatons piaillaient dans leur boîte. Je me suis retournée ; Marcelle était là. Allongée, tranquille. Avec son regard quiet.

●

J'ai repris, un à un, les événements de la soirée. Ceux dont je me souvenais. Les shooters nombreux, avalés trop vite. L'homme qui s'approche de moi en sirotant sa bière. Qui me parle peu et m'observe beaucoup. Les quelques marches à la sortie du bar, que j'ai du mal à descendre. Le trajet en taxi où je peine à me situer. Jusqu'au silence de son appartement.

Le salon, le divan puis, comme dans un film mal monté, sans transition, la chambre, le lit. Le brouillard de l'alcool qui se dissipe d'un coup. La conscience soudaine de la pièce qui m'entoure, de la lumière crue, de l'inconnu qui s'agite sur moi.

Je voudrais que tout s'arrête, mais je n'ose pas parler. Je ne sais pas comment il pourrait réagir. Si je le fâche, ça pourrait être pire. Il pourrait saisir le chandelier massif sur la table de chevet. Je ne pense pas une seconde que je pourrais aussi m'en servir pour me défendre.

Je me dis qu'il est plus sûr de me taire. D'attendre que ça passe.

●

Je n'ai pas tout écrit d'un seul coup. J'ai dû faire une dizaine de versions de ce texte, dans un intervalle d'un mois environ. Je me rappelle que, durant cette période, les souvenirs de l'événement m'accompagnaient partout.

La dernière nuit, j'ai rêvé que j'arpentais la rue Sainte-Catherine, un soir de canicule. Je me suis arrêtée devant une boutique et j'ai regardé derrière mon épaule. La rue était vide. Tranquille. Jusqu'à ce que je me rende compte du danger, que je me mette à courir. J'étais poursuivie sans savoir par qui, des personnages que je n'arrivais pas à voir, mais dont je percevais les ombres partout où je tentais de me réfugier. Je ne leur échapperais pas. Je ne savais plus où j'allais, le quartier ne se ressemblait plus. J'arrivais à un parc quand, sans transition, je me suis retrouvée dans une vaste pièce, une sorte de salon aux tentures sombres. J'étais couchée sur une table, immobile. Au-dessus de moi, l'homme du bar, il m'avait eue. Mais, cette fois-ci, j'avais une arme.

•

J'ai imprimé mon texte, l'ai relu une dernière fois. Je l'ai glissé dans la pochette bleue, celle où je conserve les histoires que je préfère garder pour moi. J'ai rangé l'ordinateur et remis les meubles à leur place.

•

Les chatons étaient prêts à sortir de leur boîte. Je leur ai fabriqué un petit enclos dans le salon avec des livres empilés. Quand j'allais lire sur le divan, je faisais une brèche dans leur muraille pour qu'ils puissent sortir et explorer un peu. Il y en a un qui se dirigeait systématiquement vers mes jambes et grimpait le long de mon pantalon en s'agrippant avec ses griffes pour venir se blottir entre mes cuisses.

Puis les livres n'ont plus suffi à les contenir. L'appartement devenait trop petit, j'ai dû leur trouver chacun un foyer. Marcelle a recommencé à aller dehors.

À la fin de l'été, elle serait de nouveau enceinte.

Le cabaret des artistes
Julie Tremblay

C'ÉTAIT UN GRAND ÉDIFICE noir et brillant, d'une vingtaine d'étages, coiffé de deux pyramides immenses qui perçaient les nuages.

Vu d'en bas, c'était vertigineux, cette impression de monter si haut dans le ciel.

L'endroit était assailli par des centaines de personnes, tous les après-midi, mais n'entrait pas là qui voulait. Sur le porche attendait un grand majordome, moustache et chapeau haut-de-forme, qui toisait les aspirants visiteurs de la tête aux pieds. Si vous étiez chanceux, il vous pointait du doigt et vous faisait signe d'entrer. Sinon, même si vous aviez attendu pendant des heures, il vous chassait du revers de la main. C'était inutile d'insister, personne ne connaissait les raisons qui faisaient qu'à un moment ou à un autre, on pouvait ou non pénétrer dans l'immeuble.

Toujours est-il que cette journée-là, j'étais entré.

Pour aller au vestibule, il fallait écarter une série de lourds rideaux de velours dans le noir le plus total, sans savoir vers où se diriger. On m'avait raconté que certains visiteurs s'étaient perdus, ouvrant les rideaux à l'infini jusqu'à en devenir fous, sans plus jamais trouver ni l'entrée ni la sortie. J'étais à la fois fébrile et terrorisé, comme un acteur juste avant d'entrer en scène. Et puis, je ne connaissais rien du spectacle qui allait bientôt se dérouler.

À l'intérieur, il faisait étonnamment chaud, les murs suintaient, on entendait le vrombissement des machines — comme une sorte de respiration — et, aussi, une musique de fête foraine.

« Approchez, approchez ! » disait une voix venue de nulle part, tandis qu'on braquait un projecteur sur un petit fauteuil rouge — aussi en velours — qui m'attendait.

Sitôt assis sur le coussin, je fus aspiré dans un long tunnel vertical, une sorte d'ascenseur dans lequel je montai, je descendis, je montai, je descendis, je montai… Tandis que je gravissais les étages, l'étrange manège ralentissait et je pouvais voir par une petite fenêtre ce qui se passait de l'autre côté. Un couturier confectionnait des costumes multicolores ; un cuisinier qui semblait avoir trop profité du bon vin était affalé sur son comptoir ; un mixologue exécutait une chorégraphie en préparant un cocktail d'un jaune fluorescent.

« Gin Malibu pour monsieur ! » dit celui-ci en me plaquant un verre dans les mains, comme dans un service à l'auto.

J'eus à peine le temps de prendre une gorgée que le fauteuil repartit de plus belle. Il montait, descendait, et quand j'eus juste assez le tournis, il s'arrêta devant une grande scène où une chatte noire à perruque blonde, toute en cils et en lèvres, entonnait d'une voix sensuelle *Happy birthday to you…*

J'étais stupéfait et excité à la vue de cette étrange créature mais, alors qu'elle s'avançait vers moi en balançant les hanches avec souplesse — visiblement pour venir m'embrasser —, le fauteuil se remit en mouvement pour s'arrêter face à une pièce à l'éclairage tamisé, au sous-sol.

Debout sur un petit tabouret, un chat en justaucorps de cuir fouettait allègrement le majordome de l'entrée, lequel, pour l'occasion, avait baissé sa culotte. Après quelques minutes, toujours penché et présentant son derrière au chat, le majordome se retourna, me pointa du doigt et me fit signe de le rejoindre. Mon sang fit trois tours dans mes veines.

À ce moment, des visiteurs en quête de sensations fortes s'approchèrent et acceptèrent avec enthousiasme le fouet que leur tendait le chat. Pour ma part, je paniquai et repoussai l'animal, le majordome et le fouet. Dans mon empressement, j'appuyai sur un curieux bouton noir, situé sur l'accoudoir de mon fauteuil, ce qui, à mon grand soulagement, me fit remonter au dernier étage.

Là, une grande pièce dotée de deux grandes fenêtres prismatiques offrait une vue imprenable sur la ville. Il faisait nuit. Sur le balcon, une longue-vue géante permettait d'observer ce qui se passait au loin, jusque dans les moindres recoins de la ville.

En approchant mon œil de la lunette, je constatai qu'on y voyait en noir et blanc. Je distinguai un chat saltimbanque, en vareuse de velours côtelé, qui faisait du monocycle sur un fil électrique. Un peu plus loin, un autre, visiblement saoul, peignait une nature morte pleine de victuailles. Alors qu'il mettait la touche finale à une grappe de raisins très réussie, le chat peintre, qui peut-être se sentait observé, se retourna vers moi et me salua en levant son verre de vin.

J'eus un mouvement de recul. Incroyable ! Le chat, pourtant si loin, pouvait lui aussi me voir ! Je cessai illico d'utiliser la lunette, craignant d'être aspiré par la ville ou, pire, de me faire hypnotiser par le chat et de rester prisonnier à jamais d'une de ses toiles.

En me retournant vers la grande pièce, je constatai que le fauteuil rouge avait disparu. Il avait été remplacé par une table couverte de mets appétissants qui ressemblait à celle que j'avais observée quelques minutes plus tôt sur la toile du chat.

Tout cela était fort étrange, mais j'étais affamé et, de toute façon, personne n'aurait résisté à un tel buffet. Je m'empiffrai donc de viandes marinées, de fromages fins et de fruits colorés et juteux. Je bus un savoureux vin de groseille, un scotch vieux de cinq cents ans et un pastis qui me propulsa un instant dans les dimanches ensoleillés de ma vieillesse. J'étais repu et ivre. Je cherchai donc un peu de compagnie pour partager ma bonne humeur.

Je me dirigeai vers la seule issue possible, en espérant retrouver la chatte aux lèvres pulpeuses qui voulait me souhaiter bon anniversaire. Cependant, en tournant la poignée, je fus projeté dans les airs, comme si j'avais actionné une catapulte. Mon corps fut lancé si haut qu'il passa à travers les nuages et monta, monta, monta, et pendant la mince seconde où je fus suspendu dans le ciel, juste avant la chute, je remarquai avec effroi les crocs, la langue et le gouffre profond qui m'attendaient. Je tombais dans la gueule d'un chat gigantesque. S'ensuivit une glissade étourdissante à travers les entrailles de l'animal. Je parcourus à haute vitesse des courbes dangereuses. À droite, à gauche. Je me heurtai contre les parois de son œsophage, de son estomac et de ses intestins, puis je me retrouvai éjecté dans la rue.

Le corps intact, bien qu'affligé d'un affreux mal de tête, je cherchai à comprendre ce qui avait pu se passer. En regardant autour de moi, je vis que j'étais à Montmartre. Sur la rambarde, une affiche : « Prochainement : Tournée du Chat noir de Rodolphe Salis. »

Très haut, deux grands yeux jaunes éclairaient la nuit. Je distinguai alors les contours d'un chat immense qui s'élevait au-dessus de la ville. La créature se lécha les babines en me faisant un clin d'œil, puis s'immobilisa pour redevenir un gratte-ciel noir et brillant, coiffé de deux oreilles-pyramides.

Trois petits chats
Marie-Pier Poulin

DEPUIS DEUX SEMAINES, ma fille est revenue vivre à la maison. Elle se remet d'une grave opération. Une masse au ventre qui aurait pu lui coûter la vie. À sa sortie de l'hôpital, ma femme tenait à ce qu'elle réemménage chez nous, dans sa chambre d'enfant. Elle se rétablit bien, mais elle a quand même besoin de soins.

Assis près de son lit, je la contemple. Appuyée contre ses oreillers, elle caresse notre vieille chatte Sally en souriant. *Comme quand j'étais petite*, me dit-elle, une touche d'enfance dans le regard. *Sally a toujours été là si j'étais malade.* Je m'apprête à lui rendre son sourire quand mon regard croise celui du chat. Comme une décharge électrique, un vieux souvenir refait surface et me jette dans un profond malaise.

•

C'était il y a longtemps. Je travaillais pour un organisme qui venait en aide aux sinistrés des tremblements de terre. C'était en Haïti, je crois. Ou dans un pays d'Asie. Ma mémoire me fait défaut. Mais je me souviens de la panique. De la souffrance des survivants qui attendaient qu'on retrouve leurs proches, prisonniers des décombres. Tout autour, les secours s'affairaient à déplacer les morceaux de béton, à sortir les rescapés des ruines.

Un matin, j'ai remarqué une femme d'une grande beauté. En retrait du vacarme et du va-et-vient des hommes, elle attendait, immobile et noble telle une statue de marbre. À la fin du jour, elle disparaissait sans un mot, le pas lent et le port princier. Le lendemain, dès l'aube, elle était de retour. Au même endroit. Avec la même dignité patiente dans le regard.

Après quelques jours, les cris sous la terre s'estompèrent, nous laissant peu d'espoir de retrouver des survivants. Les oiseaux charognards envahirent le ciel, tournoyant au-dessus de nos têtes, formant de larges nuées sombres. Affamés, les chiens errants s'invitèrent à renifler les gravats, sans égard pour nos morts.

Puis il y eut ce chat, tout droit sorti des décombres.

Sous nos regards ébahis, l'animal s'était dirigé vers la femme en retrait, dont le visage s'était tout de suite illuminé. Elle l'avait pris dans ses bras et serré tout contre elle. Je me rappelle que ces retrouvailles m'avaient apaisé un court instant. Mais la situation me parut rapidement étrange. L'animal ne semblait pas avoir souffert de la faim. Il était sale, galeux, mais bien gras.

Le soir venu, plutôt que de ramener chez elle la bête retrouvée, la femme l'avait tout bonnement laissé repartir. Sans hésiter, avec une agilité hors du commun, le félin avait disparu à nouveau dans les entrailles de la Terre. À partir de ce moment, il faisait partie du décor. Il disparaissait dans les dédales de béton pour ressortir au grand jour quelques heures plus tard. Son manège recommençait du matin au soir sans qu'il semble s'épuiser. J'ai d'abord cru qu'il s'agissait d'une chatte, qui cherchait ses petits enfouis sous la terre. Je me souviens de m'être dit que nous étions tous semblables, finalement. Tous des animaux paniqués qui cherchions nos proches une fois nos repères disparus.

Grâce aux allées et venues du félin, nous avons découvert une cavité profonde qui avait abrité plusieurs victimes du séisme. Malheureusement, il était trop tard. Elles étaient déjà mortes. Mais la situation était sordide, presque irréelle. La majorité des corps avaient été éprouvés par les blessures et la déshydratation. Tous avaient été grugés, comme si un animal les avait dévorés. Je me souviens avoir retenu un haut-le-cœur.

Quand les corps ont été sortis au grand jour, j'ai entendu un cri que je n'oublierai jamais. La femme qui, jusque-là, avait montré une retenue et un calme exceptionnels avait reconnu les siens au nombre des victimes. Avec une force surprenante, elle avait réussi à bousculer tous les travailleurs pour se jeter sur son mari et ses deux enfants dont les jambes et les bras avaient été mangés. J'ai dû moi-même intervenir pour la retenir. Penchée sur les restes de sa famille, elle criait des mots que je ne comprenais pas. Son visage ruisselait de larmes fiévreuses. Elle s'est débattue longtemps dans mes bras avant que je réussisse à la pacifier. Une fois son souffle apaisé, j'ai pu prendre conscience de ce qui nous entourait. C'est à ce moment que je l'ai vu. Le chat. Il était posté sur un bloc de béton, surplombant la scène de ses yeux malicieux. J'ai même cru le voir se lécher les moustaches. Mon sang s'est alors glacé. Figé par ma découverte, je ne me suis pas rendu compte que la femme que je tenais toujours fermement dans mes bras venait de comprendre la même chose que moi. Ce chat avait bel et bien mangé son mari et ses deux enfants. Relâchant mon étreinte, je lui ai permis de se détacher de moi pour rejoindre l'animal. J'ai cru un moment qu'elle se jetterait sur lui pour l'égorger. Mais non. Elle s'est accroupie lentement devant lui pour ne pas l'effrayer, l'a fixé longuement dans les yeux et l'a pris dans ses bras. J'étais paralysé de dégoût et d'incompréhension. L'animal s'était engraissé à même sa famille et elle le traitait avec une infinie tendresse. Quand elle est passée près de moi pour quitter les lieux, je l'ai entendue qui répétait sans cesse *mes enfants sont en lui, mes enfants sont en lui*. Décontenancé, je l'ai regardée partir, sans avoir la force d'intervenir. Cette femme, hier encore forte et belle, était devenue folle de désespoir. Personne ne pouvait lui en vouloir.

Un mois plus tard, les secours de première ligne laissaient leur place à d'autres corps de métier. J'étais plus libre de mes allées et venues, et m'étais mis à la recherche de la femme qui m'avait tant bouleversé. Je voulais la revoir. M'assurer qu'elle allait mieux. Je me suis donc présenté chez elle par les sinueux chemins formés par les débris. Elle vivait seule dans un minuscule appartement délabré. Lorsque nos regards se sont croisés, je l'ai à peine reconnue. Plus rien ne restait de son port altier et de sa noblesse. Tout avait été dévasté. Ses yeux étaient fiévreux, vides. Puis, d'une voix éteinte, sans vraiment me reconnaître, elle m'a présenté ses trois chats, dont celui qui avait vampirisé les décombres. Ils tournoyaient tous autour d'elle, comme pour empêcher quiconque de s'en approcher. Elle les appelait affectueusement des noms de son mari et de ses deux enfants.

J'ai quitté l'endroit étouffant de chaleur et de poussière en frissonnant.

Avant de revenir au pays, je suis retourné la voir une dernière fois. Elle était dans sa chaise berçante, recouverte d'une couverture malgré la chaleur, face à une fenêtre aux carreaux fracassés. En m'approchant, j'ai constaté qu'elle était morte. Son corps était raide et froid. Quand j'ai enlevé la couverture pour la soulever, j'ai sursauté d'effroi. Ses jambes étaient rongées jusqu'à l'os. Autour de moi, tout s'est alors mis à tourner. La vision de cette chair bleuie et des os saillants m'ont fait vomir sur-le-champ. Quand je me suis ressaisi, trois chats dansaient sous mes yeux. Ils étaient bien gras et grognaient, crachaient vers moi. Encore vacillant, je suis parti appeler les secours.

●

Ma fille s'est assoupie, notre vieille chatte Sally à ses côtés. Mon pouls s'est accéléré au souvenir de ce triste épisode de ma carrière. Avant de quitter la chambre, je ne peux m'empêcher de jeter un coup d'œil à l'animal blotti tout contre elle. Il a deviné mon désarroi, car il me fixe d'un air malicieux, comme pour me dire de ne pas m'inquiéter.

Que je peux partir en paix.

Que Sally s'occupe de tout.

Ode à l'oisiveté
Raphaël Bédard-Chartrand

CE QUE J'AIME le plus au monde, c'est ne rien faire. Appelez ça comme vous voudrez : paresse, farniente, oisiveté, immobilisme, fainéantise… Eh bien, moi, ça ne me dérange pas.

C'est tout de même un paradoxe ! Je suis si occupé que je me verrais mal ajouter quoi que ce soit à mon horaire déjà chargé. Oh, sa seule vue vous étourdirait, j'en suis convaincu.

Ce que les gens ne comprennent pas, c'est que ne rien faire signifie faire ce que l'on veut.

Ne rien faire, c'est se laisser caresser par ce rayon de soleil oblique, juste là.

Ne rien faire, c'est écouter les plantes pousser, les regarder valser si ça nous chante.

Ne rien faire, c'est se laisser surprendre par les grincements de la porte du frigo.

Ne rien faire, c'est se laisser porter par le temps, par nos goûts et nos envies.

Ne rien faire, c'est être libre.

Libre. Libre de penser à ce que l'on veut.

Libre de faire ce qu'il nous plaît, quand il nous plaît, à l'abri des regards ou au vu et au su de tous.

Et si, par malheur, il me prend l'envie de faire quelque chose, eh bien, je me ravise rapidement !

Quand ça m'arrive, je pousse le plus grand soupir que je puisse pousser dans les circonstances, puis me laisse choir sur le côté, avec nonchalance. Car rien ne vaut cet acte qui consiste à ne rien faire pour revenir à nos valeurs les plus profondes.

Ne rien faire, c'est vivre le moment présent.

Contrairement au reste du monde, que je regarde à travers des yeux mi-clos, je sais que j'ai compris quelque chose.

Souvent, ces gens qui s'agitent sans cesse enfoncent leur visage dans mon ventre, me serrent dans leurs bras et sanglotent. Là, je sais qu'ils savent que je sais.

Quand ces moments surviennent, eh bien, je ne fais rien. Mais je le fais en ronronnant.

Ceux qui retombent sur leurs pattes… et les autres

Marise Belletête

O LIVIA se commande une bière mélangée à de l'hydromel aux framboises, la spécialité de l'endroit. Derrière le comptoir, le barman strabique la dévisage avec son œil droit et l'ignore du gauche. La femme est là et n'y est pas, selon l'angle. Il a l'impression de ne concocter que des drinks pour des touristes évanescents et des fantômes comme elle, puis de ramasser leurs verres vides. Olivia est là. Et n'y est pas.

Tout a disparu après la collision. Tous ses repères. Ses souvenirs.

Lorsqu'elle fixe trop longtemps son mari dans les yeux, en se répétant *c'est l'homme qui partage ma vie, c'est lui*, elle a l'impression de se piéger. Ce ne peut pas être lui. Elle le sentirait, elle le reconnaîtrait. Elle l'étudie en détail, observe la courbe de son sourcil, compte ses cheveux blancs, révise les couleurs de ses chemises. Elle tente de se rappeler qu'elle occupe le côté du lit près de la fenêtre. Que lui dort du côté qui donne sur la commode à chaussettes. Que c'est comme ça depuis douze ans.

Même son nom, Paul, sonne creux et lui déplaît. Si elle le prononce à voix haute, il goûte le brûlé.

L'arrière-goût de framboises n'arrive pas à le masquer.

•

Elle est là, assise en face de lui, fidèle à ses habitudes sans le savoir. Paul s'approche du comptoir, *Olivia, suis-moi*, alors qu'elle s'accroche au tabouret, les ongles incrustés dans le siège en cuir.

Elle le repousse et le regarde comme si elle attendait quelqu'un d'autre.

Durant la convalescence d'Olivia, Paul la surveillait chaque soir lorsqu'elle devait prendre ses cachets. Elle aurait gobé une menthe pour l'haleine de la même façon. Elle respirait un bon coup et se laissait tomber la tête sur l'oreiller. Ses mèches rousses étaient de plomb. Ses grains de beauté, devenus trop lourds. Elle fermait les yeux. La nuit tombait autour d'elle. D'un coup. Paul se sentait comme un intrus, mais il restait tout près, au cas où elle ferait une crise.

Olivia rêvait souvent de feu, de toutes sortes d'objets qui flambaient. Elle caressait doucement les oreilles d'un animal endormi sur ses genoux et la fourrure brûlait sous ses doigts, se détachant en plaques sur la peau rose vif d'un renard ou d'un lapin. Une pelade qui l'horrifiait. Elle jardinait parmi des buissons ardents, puis Paul apparaissait entre leurs branches, couvert de cicatrices, en s'excusant. Il parlait tout bas aux ronces incendiées qui l'entouraient. *J'ai retrouvé ta bague, Olivia. Mais où est ta main ?*

Paul avait l'impression que le seul frôlement de sa peau sur l'épiderme de sa femme suffisait à faire monter d'un cran sa peur panique. Il croyait même être responsable des coups de pied donnés durant son sommeil. Elle, elle se retournait dans son lit, priant pour que le temps s'arrête, que sa chambre se fissure au milieu de la nuit.

Elle cherchait une brèche.

S'échapper. Se faufiler.

On ne la verrait pas. Elle partirait à quatre pattes — ou plutôt trois — avec l'ombre des félins affolés que les lumières des phares projetaient sur le muret de brique derrière sa maison.

●

— Il est très tard, chérie. Rentrons.

Pendant que l'unique serveuse se promène entre les tables avec son plateau, Paul s'imagine au beau milieu d'une cérémonie vaudou, formulant des incantations pour que sa femme zombie se relève.

Une jambe.

Puis l'autre.

61

Un bras.

Ce soir, il n'y a que la lavande du chemisier qui est en vie, enrobant la poitrine, qui se gonfle et se rétracte. Lorsqu'elle se tourne vers lui, elle ne le reconnaît pas immédiatement. Ni son visage ni ses mains. Les mains de Paul n'ont plus rien à voir avec ce que devaient être les mains de l'être aimé. Des mains sans pouvoir. Incapables de la réanimer. Elle se met à pleurer. Elle ne sait pas ce qu'elle fait là. Ce qu'elle aime dans la vie.

Elle ne se rappelle même plus qu'elle porte des vêtements, qu'elle a habillé son corps en flammes, tant l'impression de prendre feu au milieu de tous ces inconnus paraît réelle. Même sa prothèse brûle. Elle évite de regarder la main gantée de silicone. Elle ne voit que ses souliers rouges qu'elle frotte ensemble, comme s'ils pouvaient faire des étincelles et la ramener chez elle, là où elle se reconnaîtrait enfin.

Olivia se répète le nom de son mari — goût de cendre.

Paul. L'autoroute. La Plymouth brûlante.

Elle se remémore la chaleur de la déflagration.

La fois où elle a allongé le bras à l'extérieur du véhicule pour sentir l'air chaud filer entre ses doigts.

Elle se demande si les ambulanciers auraient préféré ne pas avoir à regarder dans la voiture le soir de l'accident, alors qu'elle était complète et désarticulée, vivante et morte à la fois, et s'ils ne s'étaient pas trompés en l'extirpant de cette boîte de métal incendiée.

Elle ne sait pas si elle existe vraiment.

Il aurait fallu faire paraître des petites annonces, mettre des affiches dans le quartier. Partout, sa photo sur les tableaux et les poteaux électriques.

Des clichés d'elle et de Paul, souriants derrière le volant.

D'elle, du métal, du plastique et du verre dispersés sur la route.

D'elle et du barman qui finit par tendre sa bière à son membre fantôme.

D'elle qui lève son verre, fait un selfie avec le chat de Schrödinger.

Piou Piou, le chat italien
Claude La Charité

> Quand je me joue à ma chatte, qui
> sait si elle passe son temps de moi
> plus que je ne fais d'elle.
>
> MONTAIGNE

« PIOU ! PIOU ! »

C'était un soir de 2008, à la mi-octobre.

Préparant ma valise dans l'urgence pour mon départ le lendemain, j'avais trouvé le cri singulier.

Ce n'était pas le miaulement de l'un de nos chats, dont je connaissais toutes les variations.

Deux chats ne miaulent jamais de la même façon, et chacun a un répertoire si étendu que l'onomatopée « miaou » est clairement l'invention d'un analphabète félin.

Les écrivains sont souvent de fins lettrés en la matière.

En ce soir de gelée précoce, comme si l'hiver s'était abattu sur nous un 16 octobre, « Piou ! Piou ! » ne me disait rien.

J'ouvris la porte sur le côté. Rien. Que le frimas sur les fleurs mortes de la plate-bande et le givre sur l'asphalte de l'entrée séparant notre presbytère de l'église.

Je remontai à ma valise, en pensant fébrilement au nombre de sous-vêtements qu'il me faudrait pour mon voyage et au plan de la communication dont j'espérais accoucher dans l'avion.

Je me proposais d'étudier un traité de rhétorique rédigé en anglais par un certain Abraham Fraunce en 1588, dans lequel on trouve des exemples de figures de style tirés des meilleurs poètes en langues modernes : italien, espagnol, français, anglais. Je voulais expliquer pourquoi Guillaume de Salluste du Bartas, poète protestant de la seconde moitié du XVIᵉ siècle et auteur de *La Semaine*, un poème encyclopédique racontant la création du monde en sept jours, y est l'unique écrivain français cité. Mais je ne trouvais rien 63 de convaincant à avancer comme hypothèse. Surtout qu'à l'époque, Ronsard, mort en 1585, à peine trois ans plus tôt, était toujours célébré comme le prince des poètes français.

Pourquoi diable du Bartas et pas Ronsard…

« Piou ! Piou ! »

Cette fois, je pris Zabeth à témoin.

Nous descendîmes au rez-de-chaussée.

Enfilant son manteau, elle sortit sur la galerie et je la suivis.

— Tu devrais t'habiller. Tu vas prendre froid.

— Minoune de grange !

Nous avions pris l'habitude de nourrir cette chatte errante l'été auparavant. Il faut dire qu'elle avait été copieusement aspergée par une mouffette. La vie ne l'avait du reste guère épargnée, elle à qui il manquait une oreille. Mais elle s'était laissée apprivoiser. Elle nous autorisait à la caresser, nous présentant même son ventre.

En ce soir d'octobre, elle était accompagnée d'un petit tas de poils caramel et blanc, qui fonça droit sur Zabeth, comme aimanté par elle. Il escalada ses bottes et son pantalon.

Elle le recueillit dans ses paumes.

Et plutôt que de bruiner ou de vrouter, il piouta. Il piouta encore et encore.

— On pourrait le garder, non ?

— Il n'a même pas ouvert les yeux. Il tète sans doute sa mère.

— On l'appelle Jean-Baptiste comme les paysans canadiens-français du XIXᵉ siècle ?

Il piouta derechef.

— Et si on l'appelait Piou Piou ?

•

Un chat en cache souvent un autre. Dans le cas de Piou Piou, ç'a été doublement vrai.

Le lendemain de son arrivée, je partis comme prévu et, après un long voyage avec une correspondance que j'attrapai de justesse à Paris, ma valise n'avait pas pu suivre jusqu'à la destination finale. Je passai donc la première journée habillé comme un con, en jeans et t-shirt. J'en fus toisé de haut par une doctorante qui me confondit avec un étudiant. Le lendemain, me voyant en costume-cravate, elle se confondit en excuses.

Dans l'intervalle, Zabeth s'était résignée à laisser repartir Minoune de grange et son Piou Piou, après avoir passé une nuit d'enfer pendant laquelle la mère ne cessa de demander la porte avec ses cris de chat haret qui a appris à miauler trop tard : brou-hein, brou-hein, brou-hein.

À mon retour, une semaine plus tard, Minoune de grange n'avait pas remonté sa grosse queue touffue de chatte à poil long, et Piou Piou n'avait pas fait entendre son pioutement.

Zabeth était au désespoir. Le froid subit s'était prolongé pendant une semaine. Elle s'accusait d'avoir tué la chatte et son petit, en les mettant à la porte par un temps pareil. J'avais beau lui faire valoir qu'un chat ne meurt pas pour si peu, elle se croyait une meurtrière en série.

Le surlendemain, Minoune de grange, avec son plumeau de ramoneuse, vint me trouver sur la galerie pour me faire son numéro de charme avec des trémolos dans la voix et en inversant les syllabes qu'elle utilisait pour demander la porte : hein-brou, hein-brou, hein-brou. Quelques mètres plus loin, son Piou, toujours aussi aveugle, pioutait à s'en désâmer. Visiblement, quelque chose continuait à tarauder Minoune de grange. Elle me faisait une danse insistante que je ne l'avais jamais vue faire. Elle voulait me dire quelque chose, mais quoi ?

Elle partit vers la cour arrière et s'arrêta à mi-chemin pour voir si je la suivais, ce que je fis. Elle m'emmena au pied du grand cèdre. La raison pour laquelle elle ne cessait de demander la porte la première nuit dans notre maison s'y trouvait tapie dans les hautes herbes : une autre boule de poils, gris, blanc et beige. Je la pris comme on reçoit l'hostie à sa première communion et je l'emmenai à Zabeth.

— Alors, espèce de tueuse de chats ?

— Une chatte espagnole !

— On l'adopte ?

— Miou Miou !

Avec Piou Piou venait donc Miou Miou, purs produits de Saint-Modeste-de-Middleton, nés entre la paille et le fumier de l'étable près de la rivière.

Un chat en cache souvent un autre, voire deux autres, et j'allais bientôt découvrir que Piou Piou, tout Modestois qu'il soit, n'en est pas moins un chat italien, *un gatto italiano*. Et que son nom devait sans doute s'écrire *Più Più*.

Più Più il gatto italiano.

•

L'histoire de Piou Piou est celle de toute une chatterie (comme on dit une fratrie). Cette chatterie, à son apogée, compta pas moins de onze tigres indomptables, enfin, presque indomptables. Leur nom rend mal justice à leur férocité : Minoune de grange, Piou Piou, Miou Miou, Minette, Gandhi, Cléopâtre, Pinotte, Jaune à taches, Faiblito, Tricotine et Turbo.

Un matin de juin 2013, Miou Miou mourut au bout de son sang dans des circonstances mal élucidées, attaquée peut-être par un oiseau de proie. Toujours est-il que Zabeth la retrouva inerte sous le garage, qui est en fait un cabanon sans fondation sous lequel prolifèrent les mouffettes, les marmottes et même les chats.

Chaque destin de ces félins est un roman, et il faudrait pour les raconter un cycle romanesque à la Zola, *Les Ronron-Guépards*. Chaque vie de chat est un roman, mais à l'échelle féline. À l'échelle humaine, c'est plutôt une tranche de vie. Ce serait donc un recueil de nouvelles, qui pourrait s'intituler *Vibrisses, feulements et duels à griffes*.

J'ai beau chercher à aimer mes chats également, on ne peut s'empêcher d'avoir des chouchous. Et, dans mon cas, il s'agit de Piou Piou. Avec le recul, je dois reconnaître que son nom a été bien trouvé. Comme le dit l'adage italien, *se non è vero, è ben trovato*. Le nom propre révèle quelque chose de caché et de fondamental sur celui qui le porte. Les Romains disaient *nomen omen* : le nom est un présage. Dans le cas de Piou Piou, son nom a d'abord été un sésame, celui qui lui fit ouvrir la porte de notre maison.

Et une fois dans la maison, il fit comme tous les chatons. Entre deux tétées et trois siestes, il se mit, le museau rose de lait, à escalader tout ce qu'il trouvait de vertical : le lit, le canapé, les rideaux, les serviettes, les vêtements sur le séchoir à linge, les plantes, les armoires, les murs, les jambes, les bras, la tête et le dos de ses maîtres. Miou Miou n'était pas en reste, mais entre son frère et elle, il y a toujours eu une différence de degré. Piou Piou était et reste excessif en tout.

Il est à la fois plus affectueux et plus exaspérant.

La nuit, il vient se lover dans l'aisselle, entre le biceps et la poitrine, la truffe dans le creux du coude et les coussinets roses posés sur l'avant-bras. Et, bien sûr, il ronronne à en faire trembler le sommier et s'ouvrir les tiroirs de la commode. Aussi bien dire que c'est un partenaire incomparable au lit. C'est d'ailleurs (comme tous les chats, bien qu'à un degré supérieur) un athlète du dodo, un acrobate de la sieste, un professionnel du roupillon, un cascadeur du sommeil, capable de s'endormir en un clignement de pupille en amande, la tête dans le vide, les pattes en l'air, le corps en pleine torsion. Et ses assoupissements sont contagieux.

Par contre, le réveil peut être brutal. À quatre heures du matin, lorsque le Piou entend l'appel du boyau culier, il ne se contente pas de descendre tout bonnement au sous-sol pour aller dans sa litière. Non. Il hurle à pleine gueule pour réveiller le village entier, car il a ses habitudes et préfère aller dehors, hiver comme été. Et comme personne ne lui ouvre, il se met à faire des variations qui tiennent plus de l'air de la Reine de la nuit dans *La Flûte enchantée* de Mozart que du miaulement. Mais il faut imaginer une Reine de la nuit qui se mettrait à faire tout à coup des chants de gorge furieux, capables de ressusciter les morts du cimetière d'à côté.

Sur la plus ancienne photographie que j'ai conservée, Piou Piou regarde l'objectif sans le voir, de ce regard voilé de chaton qui a ouvert les yeux, mais qui ne peut encore rien distinguer. Il a le charme désarmant et inoffensif des grands myopes. Il est posé sur une serviette bleue et juste derrière lui se trouve l'étui ouvert d'un stylo Mont-Blanc Bohème Rouge. Une mise en scène qui doit tout au hasard. Le stylo se trouvait tout bêtement sur le bureau où le chaton reposait au moment de la photo. Piou Piou avait deux ou trois semaines, tout au plus. Les spécialistes du comportement animal vous diraient que tout se joue dans ces premiers instants de la vie. Ainsi, un chat qui n'a pas été en contact avec les humains le premier mois après sa naissance risque fort de ne jamais être apprivoisé. À l'inverse, un chaton qui entre résolument dans le monde humain en se frottant à une écritoire devient souvent un chat à plumes, comme il existait un serpent à plumes chez les Aztèques. C'est peut-être ce qui explique que Piou Piou est un peu écrivain, un peu polyglotte et beaucoup télépathe.

Les premiers signes se sont manifestés lors de la convalescence qui suivit sa castration. Amorti par l'anesthésie, incapable de lécher sa blessure en raison de l'onguent, il trouva refuge dans la bibliothèque, sur la première tablette du bas à droite, après s'être longtemps frotté les vibrisses sur les livres de cette section et uniquement de cette section. Jour après jour, pendant une bonne semaine et demie, le manège se répéta. Toujours la même tablette, toujours les mêmes livres, toujours le même rituel de frottage préalable avec force miaulements : « Piou ! Piou ! Piou ! » On aurait dit que les miaulements m'étaient spécialement destinés. Il est vrai que les chats ne miaulent qu'avec les humains. Il n'aurait donc eu aucune raison de miauler en mon absence. Mais c'était comme si le miaulement n'était pas qu'un miaulement. Qu'il avait un sens. Certes, tout miaulement a une signification. Là, on aurait dit qu'il s'agissait d'un langage articulé pourvu d'un sens qu'il me revenait de décoder.

Je passai la première semaine à le caresser et à le consoler, pensant que ses miaulements insistants procédaient de la douleur de l'ablation et des points de suture ou de l'humiliation d'avoir perdu son pot au lait. Je redoublai de caresses jusqu'à ce qu'il perdît patience et qu'il menaçât de me mordre. Il n'avait pourtant jamais été agressif auparavant et je ne voulais y voir que les conséquences d'une convalescence douloureuse. Le septième jour, il se frotta les moustaches avec une telle vigueur qu'il finit par faire tomber un livre de la tablette. On aurait dit qu'il l'avait fait exprès, sans compter qu'il se mit à miauler frénétiquement une fois le livre tombé : « Piou ! Piou ! Piou ! » Je remis le livre en place : *Le più belle novelle italiane del Cinquecento*, une anthologie de nouvelles italiennes de la Renaissance. Piou Piou se cala sur le dessus des livres et s'endormit.

•

Trois heures plus tard, le tigre réveillé recommença son opération de frottement contre les livres, jusqu'à ce qu'un autre exemplaire tombe par terre et qu'il se mette à piouter de plus belle. Je commençais à être légèrement exaspéré par ce petit jeu et j'espérais qu'il ne prendrait pas la vilaine habitude de faire tomber les livres des rayonnages. Tous les murs étaient tapissés de bibliothèques, et des piles vertigineuses s'accumulaient dans mon bureau et dans la salle de télé, qui n'avait de télé que le nom puisque le téléviseur avait disparu depuis longtemps sous les amoncellements de volumes. Lorsque je replaçai le livre sur la tablette, le titre attira mon attention : *La più bella del mondo*, un essai de Stefano Jossa sur l'italien, la plus belle langue du monde. On aurait dit que Piou Piou se livrait à une sorte de jeu de Ouija avec moi ou plutôt, si j'ose dire, de Ouichat.

Ce n'était pas pur caprice de sa part. Il y avait quelque chose à comprendre dans le choix même des livres et dans la série qu'ils formaient. En y regardant de plus près, je constatai que le Piou avait élu domicile dans la section italienne de la bibliothèque et que ses poils commençaient et s'arrêtaient exactement là où étaient les livres en italien classés par ordre alphabétique de noms d'auteur : depuis l'Arioste et son célèbre *Orlando furioso*, *Le Roland furieux*, jusqu'à Simeone Zuccolo, auteur de *La pazzia del ballo*, *La folie de la danse*, en passant par Umberto Eco, *Il nome della rosa*, et Manzoni, *I promessi sposi*, *Les fiancés*.

Indéniablement, il y avait là un dénominateur commun. Tous ces livres étaient en italien. Mais comment un chat qui ne comprenait rien au français à part peut-être son nom et « non ! », qui ne savait assurément pas lire et qui ne connaissait pas un traître mot de la langue de Dante pouvait-il reconnaître des livres en italien ? Les chats ont un odorat surpuissant, mais les livres italiens ont-ils une odeur qui leur est propre ? Sentent-ils le basilic, le pesto ou le soleil ? J'en doute, surtout qu'avec la mondialisation, les livres italiens sont imprimés partout sauf en Italie. Piou Piou, dans une de ses neuf vies, avait peut-être été italien. Les chats sont partout chez eux en Italie et les Italiens adorent ces grosses bêtes à longue queue.

Je me dis que le mieux était de vérifier si Piou Piou n'avait pas après tout une certaine connaissance de l'italien. Je me sentais vaguement ridicule d'envisager pareille hypothèse, mais, comme Zabeth était sortie, il n'y aurait aucun témoin.

Je pris donc un livre au hasard et, pour maximiser mes chances d'être entendu, je cherchai un passage susceptible d'intéresser mon gros félin blasé, à demi endormi parmi les livres. Je tombai sur un passage de Corrado Govoni : « *I gatti sono i poeti degli animali come i poeti sono i gatti degli uomini* » (*Les chats sont des poètes parmi les animaux tout comme les poètes sont des chats parmi les hommes*). Sitôt qu'il entendit les premiers mots, Piou Piou bondit par terre et frôla amoureusement mon mollet d'abord de son flanc gauche, puis de son flanc droit, avant de s'époumoner, « Piou ! Piou ! Piou ! », comme s'il en redemandait.

Piou Piou semblait comprendre ou tout au moins affectionner le toscan. Sur le coup, je me refusai à tirer des conclusions. Ce n'était peut-être que la musicalité de la langue qui lui plaisait, comme une sorte d'herbe à chat acoustique.

Si Piou Piou semblait apprécier l'italien, il ne le parlait guère.

Le fait qu'il s'anime en entendant cette langue ne semblait pas concluant. J'aurais voulu un autre indice qui me confirmerait non seulement qu'il aimait l'accent tonique de l'italien, mais qu'il en comprenait aussi le sens.

À force de retourner le problème et de repasser les événements récents dans ma tête, je repensai aux deux livres que le Piou avait fait tomber. Ils étaient certes en italien, mais ils avaient un autre point en commun. Ils comportaient un même mot dans leur titre : *Le più belle novelle italiane del Cinquecento* et *La più bella del mondo*. L'adverbe *più* a, en italien, à peu près le même sens que « plus » en français, même si l'italien l'emploie aussi dans des constructions rares ou inusitées dans notre langue.

À vrai dire, s'il y a un phonème que le Piou a maîtrisé de tout temps, même à l'époque lointaine où il voyait aussi mal que Mr. Magoo, c'est bien « Piou ! » ou « *Più !* », pour parler italien. Il restait à savoir si, en miaulant « Piou ! », mon chat entendait bien l'adverbe italien et ses multiples significations en fonction des contextes.

Je me décidai à prêter une attention particulière à ses pioutements, en négligeant ses autres vocalises, en particulier ses chants de gorge nocturnes. La première fois qu'il se mit à faire « Piou ! Piou ! », ce fut devant son bol de croquettes à moitié vide. Dans le contexte, il était normal que mon chat réclame *più di croccantini*, puisque son bol n'était pas complètement vide et qu'il voulait avoir *plus de croquettes*, sachant à quel point les félins sont exigeants en matière de fraîcheur, même quand il s'agit de nourriture sèche.

Une autre fois, je m'aperçus que le Piou miaulait un timide « Piou ! » lorsque je lui ouvrais la porte. Je compris alors qu'il voulait dire en fait « *a più tardi* », avec un sens remarquable de la concision, comme s'il me disait « à plus tard », « au revoir » et « à bientôt » en chat bien élevé qui connaît les usages du monde.

Je constatai également qu'il lui arrivait de réclamer la porte en plein jour pour soulager son ventre, mais sans recourir à la solution extrême du chant de gorge. En pareille circonstance, il se contentait de répéter avec insistance et en haussant la voix « Piou ! Piou ! Piou ! » comme si, à la troisième occurrence, il nous menaçait de représailles. Je compris alors que le bon chat cherchait à dire « *al più presto !* », avec toujours la même économie de mots, comme s'il disait en français : « Au plus vite ! »

•

Comment ne pas être amoureux d'un tel chat ? Il parle italien mieux que certaines vaches l'espagnol. C'est au reste un dormeur d'élite, un grand angoissé qui ne demande qu'à être rassuré, une bête à câlins qui sent aussi bon qu'elle est douce à caresser.

Les mauvais esprits penseront sûrement que j'exagère et que mon chat n'entend pas un traître mot à l'italien. Que mon affection m'aveugle, que j'anthropomorphise une pauvre bête et que je lui fais parler le toscan par ventriloquie.

C'est rigoureusement faux. Depuis mes premiers essais, j'ai poursuivi et enrichi mes mises à l'épreuve pour constater chaque fois que Piou Piou connaissait bien non seulement la langue italienne, mais même la littérature italienne. Ainsi, chaque fois que je lis à haute voix des extraits de la *Divine Comédie* de Dante, du *Décaméron* de Boccace ou du *Canzoniere* de Pétrarque, sa réaction est toujours la même. Il en redemande : ce qui montre non seulement qu'il comprend le toscan, mais qu'il a aussi bon goût. Pas étonnant qu'il m'ait choisi et que, lorsqu'il veut être rassuré ou dormir en toute tranquillité, il vienne se blottir entre mon bras et mon thorax, ou entre ceux de Zabeth.

C'est un chat polyglotte, cultivé, sensible, et je pense même qu'à force de vivre l'un avec l'autre et l'un sur l'autre, une symbiose a fini par s'établir entre nous, au point que je me demande si c'est lui qui me ressemble ou si c'est moi qui ai fini par me modeler sur lui. Nous sommes des siamois, mi-chats, mi-humains. L'un comme l'autre, nous sommes angoissés, solitaires, ermites, à la recherche permanente d'affection, amateurs de siestes et de longues nuits de sommeil, voluptueux, paresseux, gourmands, contemplatifs, parmi bien d'autres caractéristiques.

La symbiose est à ce point parfaite que nous avons les mêmes maladies. Depuis un an environ, ma rosacée provoque des rougeurs et une sorte d'acné permanente sur le côté droit de mon visage. Or, devinez quoi ? En même temps, Piou Piou s'est mis à développer des croûtes sur le côté droit de sa gueule. Une maladie auto-immune selon la vétérinaire. Moi, je pense plutôt que c'est une maladie siamoise empathique. Parce que c'est lui, parce que c'est moi.

Je crains que ni lui ni moi n'en guérissions. Mais le plus embêtant, c'est que le Piou aura bientôt onze ans et que moi, je n'en ai que quarante-trois. Sauf maladie foudroyante, tout indique que je lui survivrai, lui qui est désormais un vieillard septuagénaire selon le décompte félin, alors que moi, je suis certes sur la pente déclinante, mais à peine à mi-parcours.

•

Ainsi, le nom de Piou Piou n'est pas que le sésame qui lui a ouvert la porte de notre maison, c'est aussi un mot universel pour demander piou de croquettes, pour nous dire à piou tard ou pour ordonner de lui ouvrir au piou vite. C'est surtout le révélateur de sa personnalité excessive. Il est le piou affectueux, le piou angoissé, le piou insistant à demander la porte. Qu'il pleuve, qu'il neige, qu'il grêle, qu'il fasse canicule ou moins quarante sans le facteur éolien, il sortira cent quatre-vingts fois et demandera chaque fois à rentrer trente secondes après.

Le pire, c'est qu'on finit par prendre plaisir à jouer les portiers. C'est un exercice de patience, certes, mais aussi de sainteté. Je suis un peu le frère André des minous ou, pour être tout à fait exact, le frère André de Piou Piou.

Pour avoir vu mourir de manière aussi soudaine que brutale Minette, Gandhi, Miou Miou à un âge bien moins avancé, je sais que le pire peut survenir à tout moment. Et que ce soit plus tôt ou plus tard, le jour du « *Piou non è più* » (*Piou n'est plus*), je serai un chaton rachitique et tremblotant abandonné près d'un viaduc sous une pluie verglaçante.

Je me roulerai en boule et je sangloterai doucement, mais longtemps « *più, più !* » (*encore, encore !*), dans l'espoir insensé qu'il revienne poser sa tête dans le creux de mon coude, lui, le chat le piou beau, le chat le piou tendre…

Un chat dans la gorge
Maude Deschênes-Pradet

J E T'ÉCRIS parce que je cherche un nom pour le chat. Tu vas me dire que ce n'est pas un vrai problème. Pourtant, ce chat ne peut pas demeurer anonyme pour toujours. Ça fait déjà quatre mois qu'on vit ensemble, il pèse plus de trois kilos. Il faut que j'arrête de l'appeler « chaton ».

C'est à la fois un souci pratique et philosophique. D'une part, j'ai besoin d'un mot pour m'adresser à lui, et pour le dossier chez la vétérinaire. D'autre part, il me semble que malgré leurs ressemblances, chaque chat est un individu à part, c'est-à-dire qu'il a une personnalité bien à lui, des préférences alimentaires, des jeux favoris, des cachettes qu'il a élues lui-même, une voix unique. Il ne peut pas s'appeler juste « chat ». Il lui faut un nom propre, avec une lettre majuscule.

Tu comprends, n'est-ce pas ? « Chaton », ça convenait au début, tant qu'il tenait dans une boîte à mouchoirs. Il grandit à vue d'œil ces jours-ci. Tu vois, une décision aussi importante que le nom d'un animal, ça me paralyse. Je sais bien que ce n'est pas comme pour un enfant. Mon félin ne se fera jamais intimider à l'école. Mais un nom, ça définit, ça détermine. Ça influence le regard des gens, sur lui et sur moi. Il y en a qui sont lourds à porter. Adolphe. César. D'autres sont insignifiants. Grisou. Fluffy. Il faut choisir entre les deux.

Je t'écris cette lettre pour te demander ton aide. Il me semble que tu as toujours su ce que tu voulais, ce qui convenait, ce qu'il fallait faire. Moi, j'ai beau chercher, mon cerveau est comme un raisin sec depuis que j'ai terminé ma thèse. Il est petit et ratatiné. Vide. J'ai même acheté dix petites culottes identiques, noires, pour ne pas avoir à choisir laquelle porter chaque matin.

Puisque tu ne l'as jamais rencontré, laisse-moi te confier ce que j'ai observé à propos du chat. D'abord, sache qu'il est furieusement vivant. Ce chaton n'a peur de rien, ni du bruit 75 de l'aspirateur, ni des inconnus, ni des chiens, ni même de mon amour incommensurable, qui a pourtant déjà fait fuir quelques humains. S'il aime se cacher dans des boîtes, sous les tapis, derrière les meubles, c'est pour mieux bondir sur sa proie — une balle, une araignée, un pied. C'est un aventurier, un curieux, un explorateur. Il veut tout voir, tout sentir, participer à toutes les activités.

Je te donne un exemple. Ce soir, j'ai allumé une chandelle, pour la première fois depuis que j'ai adopté le chat. Il s'est tout de suite approché de la flamme, a senti la chaleur, hésité. Je me suis dit que tout allait bien. Quelques secondes plus tard, alertée par l'odeur nauséabonde, j'ai constaté que le chat s'était tout de même avancé trop près. Ses vibrisses, celles situées au-dessus des sourcils, avaient brûlé. Il a maintenant l'air d'un bébé chat avec des sourcils comme grand-papa, frisottés et partant dans tous les sens.

Un autre exemple. Tout à l'heure, j'ai voulu faire le lit. C'est un lit double tassé dans un coin, à cause de l'étroitesse de la chambre. Il faut une certaine gymnastique pour se rendre du côté collé au mur et glisser les draps et couvertures entre le matelas et le papier peint. De plus, les draps sont encore neufs et raides, ils coopèrent moins que les anciens, que j'ai laissés à Vincent quand il a déménagé. Quand j'ai commencé à me débattre avec ces draps sans odeur et sans histoire, le chat s'est mis à courir et à bondir sur le matelas, sous le lit, à attraper mes pieds, mes mains, à se pendre au bout du drap, à se cacher dans les plis, à agripper les taies d'oreillers. Je crois qu'il voulait s'amuser. N'empêche, j'ai mis un temps considérable à accomplir cette simple tâche. Mais j'avais peut-être tort de me sentir pressée.

Parfois, le chat fait du ménage. Tout ce qui traîne sur le dessus des meubles, il le pousse par terre. Ma petite théière en argile a connu un destin funeste, il y a quelques jours. Elle a fini fracassée sur la céramique du plancher. Ce n'est pas grave. Je n'avais qu'à mieux la ranger. Pour prévenir les incidents, je me suis débarrassée de tout ce qui ne pouvait pas être rangé dans les armoires. La boîte à épices que Vincent avait rapportée du sous-sol de ses parents, et oubliée sur le comptoir. Le bol à fruits en céramique, tout écaillé à la suite de trop de déménagements. Je l'avais peint à la main, dans une autre vie. Chaton a une manière unique de m'amener à simplifier les choses.

Comme tu le constates, c'est un félin qui a du caractère. Il croque dans tout. Les bouts de carton, les mains, les tendons d'Achille, les coins des livres. Alors qu'il était encore très petit et frêle, il a combattu avec la même férocité deux virus dangereux aux noms effrayants, la calicivirose et la rhinotrachéite virale féline, qu'il avait contractés au refuge. À deux reprises, il a été si malade que j'ai eu peur qu'il meure.

Tu vas me demander pourquoi je t'écris à toi, et pas à quelqu'un d'autre, alors que ça fait si longtemps qu'on ne s'est pas parlé. Je ne suis pas certaine de connaître la réponse, mais ces jours-ci je pense à toi. Je crois me souvenir que vous aviez un chat, quand j'étais petite, grand-papa et toi. Un grand chat jaune-orange qui s'appelait Maurice. Je ne l'ai pas souvent caressé. Il chassait surtout les souris dans la cave et protégeait les réserves de l'épicerie. Mais ce n'est peut-être pas exact.

Je n'arrive pas à me rappeler avec certitude la chronologie des événements. Est-ce que vous teniez encore l'épicerie au rez-de-chaussée de la maison, à ce moment-là ? Maurice était-il là de ton vivant ou est-ce que grand-papa l'a adopté seulement après ton décès ? Il paraît que le cerveau invente les bouts de souvenirs qu'on a oubliés pour en faire des histoires cohérentes.

Savais-tu que je vis dans ton quartier ? Je loue un appartement en face de l'église Saint-Joseph, à quelques minutes de votre ancienne maison. C'était l'église des Plouffe, dans le roman de Roger Lemelin, que tu as peut-être connu d'ailleurs. L'église a été démolie, il y a quelques années, pour faire place à des immeubles d'appartements chics que je n'aurais pas les moyens d'habiter. Le nom de votre rue n'est plus le même. Après les fusions municipales, il a fallu éliminer les doublons. Mais les parcs du quartier, où on jouait à la cachette le soir avec nos cousins pendant que les adultes jasaient autour de la table, n'ont pas beaucoup changé. J'aimais déjà suivre les cousins partout dans leurs aventures imaginaires. Je me laissais guider, je participais, mais je n'aimais pas décider.

Je ne sais toujours pas ce que je veux. Qui je suis. D'où je viens, avant votre maison.

J'aurais aimé mieux te connaître. J'ai quelques souvenirs. Dès qu'on entrait chez vous, tu nous disais de mettre des mitons. C'était des pantoufles en phentex. Il y en avait une boîte dans l'armoire à balais de la cuisine : on en trouvait de toutes les tailles et de toutes les couleurs. On entrait par la cuisine, parce que la porte arrière était utilisée par les clients de l'épicerie. Dans ce même rangement, qui contenait les mitons, les cintres de métal étaient enrubannés de phentex, deux couleurs par cintre, comme des cannes de bonbon. Tu avais toujours un tricot en cours, les pelotes bien enroulées dans le petit meuble à côté du poêle.

Quand tu nous gardais, nous faisions des casse-têtes ovales, qui se rangeaient dans des boîtes tubulaires — étaient-ce des casse-têtes Avon ? — et qui représentaient des jeunes filles en robes fleuries qui faisaient des pique-niques sur l'herbe ou qui tenaient des chatons sur leurs genoux. Parfois, tu nous demandais d'enfiler ton aiguille, parce que nous avions de petits doigts et de bons yeux. Je me sentais fière de t'aider.

En haut, à l'étage des chambres, tu gardais une collection de poupées, exposée dans une armoire. Elles étaient jolies ; je les regardais souvent. Elles portaient des robes traditionnelles de tous les pays du monde. Ta manière de voyager ? Il ne m'est jamais venu à l'esprit de demander à les voir de plus près, ni d'ouvrir la porte vitrée.

Papa m'a raconté que tu aimais jouer aux cartes, le soir, avec lui et ses frères et sœurs, quand ils étaient jeunes. Ils te laissaient gagner, parce que si tu perdais, tu les envoyais se coucher. Il m'a aussi dit que tu étais la meilleure vendeuse de produits Avon de la basse-ville, et que tu racontais aux clientes que tu utilisais toi-même les produits, alors que

78

tu avais simplement une peau magnifique, de naissance, sans crème ni fard. Tu savais ce que tu voulais et comment l'obtenir.

Il y avait souvent de la visite qui arrivait pour le souper : des connaissances, de la famille, des voisins, des amis, des enfants. Surtout vers la fin du mois. Chez vous, il y avait à manger tous les jours, à cause de votre statut d'épiciers. Tu accueillais plein de gens. Ils mettaient leurs bottes dans le bain et enfilaient des mitons. Tu les nourrissais, en ajoutant de l'eau dans la soupe s'il le fallait. Papa fait encore cuire le poulet comme toi, en l'ébouillantant d'abord avec du thé, puis en le mettant au four pendant quatre heures, à température moyenne, en l'arrosant toutes les heures. Vers la fin, la viande devient très tendre ; elle se détache toute seule.

Tu disais souvent que tu aurais aimé aller à l'école plus longtemps. Tu n'avais pas pu terminer le primaire, il avait fallu que tu abandonnes avant la fin de ta quatrième année, dès la naissance de ton plus jeune frère. Mais tu as encouragé tes enfants, tes filles, à étudier. À travailler pour payer leurs études, plutôt que de t'aider à la maison. Ton aînée ne savait pas faire cuire un œuf quand elle s'est mariée, mais elle détenait un diplôme universitaire.

Je ne t'ai pas connue jeune, mais il y avait une photo dans le salon qui avait été prise à la plage, de toi et grand-papa en maillots de bain. Sur la photo, tu avais les cheveux noirs et bouclés, les mains manucurées. Moi, je t'ai connue avec les cheveux blancs, le visage pâle, les mains veinées de bleu. Le cou fragile d'où pendait un excès de peau, le menton fier. Il me semble que ton menton en disait beaucoup.

J'aurais voulu parler à la femme en maillot de bain sur la plage, dans la photo en noir et blanc. Celle qui est sûre d'elle, qui offre du pâté, des œufs durs, des cornichons, une autre portion de dessert, comme d'autres disent je t'aime.

Je ne posais pas beaucoup de questions quand j'étais petite. Je croyais tout savoir. Les questions importantes me viennent seulement maintenant, alors que je me trouve à la croisée des chemins, et seule. Il me semble que j'ai atteint une sorte de date limite. L'âge auquel la société s'attend à ce que je me case. Quand je croise d'anciens camarades d'école, ils me demandent où je vis, si j'ai des enfants, ce que je fais. Je réponds, je loue un trois et demie, j'ai un chat, je lis des livres.

Si tu étais toujours vivante, je lirais pour toi des passages des livres de Nelly Arcan, ce qu'elle a écrit sur la condition féminine, la détresse et l'obsession de la beauté. L'absurdité qui nous pousse à courir après des vies de couverture de magazine. De son ambition, de sa faim d'amour, d'affection, de reconnaissance, de son besoin de se sentir exister.

Je te parlerais de Jacques Poulin, de la tendresse de ses personnages les uns envers les autres, de la famille étonnante qu'ils se sont inventée ensemble au fil de leurs aventures. De ce qu'il a écrit sur la ville de Québec, les rues que tu connais. Je te raconterais les noms des chats dans ses romans — Chagrin, Chaloupe, Charabia, Famine, Mathusalem.

Je te raconterais les livres d'Annie Ernaux. Je te lirais les pages où elle décrit l'épicerie de ses parents, l'ambition de sa mère, son désir féroce de sortir de la condition ouvrière dans laquelle elle était née, en devenant commerçante. J'aimerais savoir si tu trouves que l'épicerie de ses parents ressemble à la vôtre même si, pour elle, c'était en France. Je te demanderais à quoi ressemblait ton enfance à Baie-Saint-Paul, comment tu as rencontré grand-papa, pourquoi vous êtes venus vivre à Québec, ce que tu penses de l'amour, des enfants.

Et comment on trouve un nom pour son chat.

Présentation
Nicolas Tremblay

MARIE-PIER LAFONTAINE remporte la vingt-neuvième édition de notre concours de nouvelles. Son texte intitulé « Quarante-huit heures » a séduit le jury composé d'Annie Perreault, d'Audrée Wilhelmy et de Nicolas Tremblay. Plus de soixante nouvelles avaient été soumises.

La lauréate poursuit des études doctorales en littérature à l'Université du Québec à Montréal. Principalement intéressée par le féminisme, Marie-Pier Lafontaine a signé quelques articles savants ainsi que des textes de fiction dans des revues universitaires et sur Internet. Elle publie cet automne son premier roman, intitulé *Chienne*, chez Héliotrope.

Outre sa concision, « Quarante-huit heures » se distingue par le thème du suicide abordé sans mélodrame. Cette sobriété tient à la structure originale du texte. Le seul paragraphe qui compose la nouvelle simule le chaos que provoquent à la fois chez la victime et autour d'elle la pensée et l'accomplissement du suicide. L'intensité dramatique — l'action se passe en quarante-huit heures — est reproduite à travers l'alternance de multiples voix. Le montage hétéroclite et non linéaire entremêle la charge des émotions et la froideur du discours médical.

Comme le veut l'un de nos règlements, Marie-Pier Lafontaine avait signé sa nouvelle sous un pseudonyme. Elle avait choisi le nom de Schrödinger, celui d'un physicien qui a formulé le paradoxe, possible dans la mécanique quantique, d'un état simultané de vie et de mort. Le jury tenait à mentionner cette ouverture paratextuelle tant elle nourrit l'interprétation de la nouvelle.

Quarante-huit heures
Marie-Pier Lafontaine

À Schrödinger et son chat

EN DEHORS DE TOUTE PATHOLOGIE PSYCHIATRIQUE, on consi-
dère qu'il n'est pas normal de vouloir s'enlever la vie.
Minimum trois somnifères, un sac en plastique sur la tête.
Je veux mourir dans mon lit. Vingt-deux soixante-dix, rue
Allard. Dépêchez-vous, elle ne respire plus. Pourquoi vous
être présentée aux urgences ? Qu'attendez-vous de nous ?
Faire un testament, détruire mes journaux intimes. Pouvez-
vous penser à une chose qui pourrait vous rattacher à la vie ?
Je me sens coupable à l'idée que ce serait une amie qui trou-
verait mon corps… est-ce que ça compte ? Si je vous place
en garde, vous perdrez vos droits pendant quarante-huit
heures. Femme caucasienne de trente ans. Cause apparente
du décès : asphyxie. À quoi pourrais-je bien m'attendre d'un
hôpital au seuil de mon suicide ? L'ambulancière a trouvé
une note sur la commode : *Il n'y a plus d'espoir.* Si vous aviez
une baguette magique ? Je me ferais mourir sans panique ni
douleur. Je m'inquiète pour toi, mon amie. La porte de sa
chambre était fermée depuis deux jours. Un comprimé de
cinq milligrammes par soir. Ne pas dépasser la dose pres-
crite. En avez-vous discuté avec un proche ? Une amie ou un
membre de votre famille ? Un lacet de soulier. Trois nœuds
solides. Le nitrazépam appartient à la classe des benzodiazé-
pines. À prendre immédiatement avant le coucher. Il vous
faudrait accepter la souffrance, sans pour autant vouloir
vous enlever la vie. Je viens de trouver mon amie… je…
je crois qu'elle est morte. Suicide Action Canada, bonjour !
Vous êtes-vous présentée aux urgences de votre plein gré ?
Qui vous accompagne ? C'est ma vie… j'ai le droit de me
l'enlever, si je le veux. Je suis psychiatre, pas éthicien. Ça
ne sert plus à rien… appelle la morgue. Je suis à l'hôpital.
Ils veulent me garder pendant quarante-huit heures. Est-ce

qu'elle vous avait confié ses problèmes personnels ? Tu t'appelles comment ? Julie. T'as bien fait de nous appeler, Julie. Si vous aviez vraiment envie de mourir, vous ne seriez pas assise dans mon bureau. L'appartement est au troisième étage... je n'arrive pas à défaire les nœuds, je n'y arrive pas ! À quel point vous sentez-vous en contrôle ? Sur une échelle d'un à dix ? À la même heure demain, je ne serai plus là. En cas de surdose, composer le numéro des urgences. Comment te sens-tu en ce moment ? En colère. Heure approximative du décès : minuit. Il n'y a plus d'espoir possible. Vous avez eu peur de passer à l'acte ? Non, j'ai eu peur de la mort. Depuis quand as-tu des pensées suicidaires, Julie ? Elle est morte depuis au moins quarante-huit heures. Son corps est froid. Je ne suis pas malade, je veux mourir, ce n'est pas la même chose. Signez mon congé. Ça faisait deux jours que je n'avais pas de nouvelles, alors j'ai appelé sa coloc. Ça serait aberrant de vous enlever la vie après avoir survécu à votre enfance, vous ne trouvez pas ? Je m'appelle Simon... je suis l'infirmier de nuit. Tu trembles beaucoup. Veux-tu un calmant ? Il y a quelque chose de froid et de lucide dans ma tête. Le psychiatre est prêt à vous recevoir. C'était prévu depuis deux semaines. Tu n'es pas curieuse ? Tu n'as pas envie de savoir ce que l'avenir te réserve ? Non. Vérifier le montant de mon assurance-vie, supprimer mes courriels. C'est normal, c'est humain, l'être humain a peur du vide. Il faut vous protéger de vous-même. J'ai cogné à la porte de sa chambre à plusieurs reprises. Donne-moi la main... je te promets que ça va aller mieux. Faites que le lit m'avale. Faites que je ne me réveille plus. As-tu des enfants ? Elle voulait être certaine de ne pas se manquer pour s'être attaché un sac, comme ça. Vous ne pouvez pas signer un refus de traitement. Vous ne pouvez pas quitter la bâtisse. Elle semblait triste, mais jamais je n'aurais cru. Je me sens mieux, je veux rentrer chez moi. Avez-vous déjà fait une tentative ? Il y avait plusieurs carnets éventrés autour du lit. Je veux mourir. Elle habitait avec vous depuis combien de temps ? Il faudrait aviser sa sœur. Si je prends moins de trois somnifères, j'ai peur de me réveiller 83 et de paniquer. Elle n'en a parlé à personne. Avez-vous des problèmes de consommation ? Drogues, alcool ? Je l'ai croisée la veille… elle avait pourtant l'air normale. Je trouve inquiétant ce que tu me dis, Julie. As-tu une amie qui pourrait t'accompagner à l'hôpital ? J'ai ouvert la porte de sa chambre avec beaucoup de lenteur. J'avais un mauvais pressentiment. Je pense à toi, mon amie. Donne-moi des nouvelles. Payer les trois prochains mois de loyer, écrire un mot à ma meilleure amie. C'est horrible… c'est tellement horrible… je n'arrive pas à y croire. As-tu le matériel autour de toi en ce moment, Julie ? Je refuse qu'on m'enferme. J'ai percé le sac, mais elle ne respire pas… mon Dieu, Julie… qu'est-ce que t'as fait. Prenez-vous de la médication ? Et le sommeil, ça ressemble à quoi ? Ne plus jamais sortir de mon lit. Elle ne répondait pas, alors je suis entrée. J'ai besoin d'aide. Elle habitait chez moi depuis juillet. Qui va payer pour les funérailles ? Services d'urgence de Montréal, bonjour ! Elle a l'air jeune, c'est triste. Si je ne le fais pas tout de suite, je ne le ferai jamais. As-tu droit à des visites ? Je t'aime, je ne veux pas que tu meures. C'est le troisième suicide ce mois-ci. Annuler mes rendez-vous, écrire une lettre à ma sœur. Patientez ici, un médecin viendra vous voir. Personne n'aurait pu prédire son geste. Le camion réfrigéré s'en vient. Je voudrais ne jamais avoir ouvert la porte.

Le chat noir

Edgar Allan Poe

La nouvelle «The Black Cat» d'Edgar Allan Poe est parue pour la première fois en 1843. Elle a été traduite en français, notamment, par Charles Baudelaire, en 1853. C'est sous cette traduction qu'elle fut largement distribuée dans la francophonie jusqu'à aujourd'hui. Nous tenions à vous offrir une actualisation de ce texte, par l'auteure et traductrice Hélène Rioux. La nouvelle rubrique «Revenance» permettra, une fois l'an, que des textes anciens viennent hanter notre présent.

JE NE M'ATTENDS PAS à ce que l'on croie l'histoire complètement absurde et pourtant très simple que je suis sur le point d'écrire. Je ne le demande pas non plus. Je serais en effet fou de m'y attendre puisque même mes sens la réfutent. Mais je ne suis pas fou — et, de toute évidence, je ne rêve pas. Mais comme je vais mourir demain, je souhaite aujourd'hui décharger mon âme. Pour l'instant, je ne veux que présenter au monde, simplement, succinctement et sans commentaires, une suite de banals événements domestiques. Ces événements et leurs conséquences m'ont terrifié et tourmenté, ils m'ont détruit. Je ne tenterai pas de les élucider. À mes yeux, ils ont représenté l'horreur à l'état pur. D'autres pourront les trouver moins terribles que *baroques*. Plus tard, une intelligence plus calme, plus logique et moins exaltée que la mienne réduira peut-être mon fantasme à un lieu commun et ne percevra dans les circonstances que je décris avec un sentiment d'épouvante qu'une succession ordinaire de causes et d'effets très naturels.

Dès mon enfance, je fus remarqué pour la docilité et l'humanité de mon caractère. J'avais le cœur si tendre que 85

mes camarades se moquaient de moi. J'aimais particulièrement les bêtes et mes parents m'avaient permis de posséder une grande variété d'animaux de compagnie. Je passais
presque tout mon temps avec eux et mon plus grand bonheur était de les nourrir et de les caresser. Ce trait de caractère se développa avec ma croissance et, une fois adulte, j'y
trouvai une de mes principales sources de plaisir. À ceux qui
ont déjà éprouvé une grande affection pour un chien sage et
fidèle, nul besoin d'expliquer la nature ou l'intensité de la
gratification qui en découle. Il y a, dans l'amour désintéressé
d'une bête, dans sa capacité de se sacrifier, quelque chose qui
touche directement le cœur de celui qui a trop souvent eu
l'occasion de tester l'amitié mesquine et la précaire fidélité
de l'*être humain*.

Je me mariai tôt et j'eus le bonheur de trouver chez ma
femme une disposition proche de la mienne. Quand elle
connut mon goût pour les animaux de compagnie, elle s'em-
pressa de m'offrir ceux des espèces les plus agréables. Nous
eûmes ainsi des oiseaux, des poissons rouges, un gentil chien,
des lapins, un petit singe et un *chat*.

Ce dernier était un bel animal de très grande taille, tout
noir et étonnamment futé. Lorsqu'elle parlait de son intelligence, mon épouse, une femme plutôt superstitieuse, faisait souvent allusion à l'ancienne croyance populaire selon
laquelle tous les chats noirs étaient des sorcières travesties.
Elle ne le disait jamais *sérieusement* — et si je mentionne ce
point, c'est seulement parce que, en ce moment, il me revient
en mémoire.

Pluton — c'était le nom du chat — était mon chouchou
et mon compagnon de jeu préféré. Moi seul le nourrissais
et il me suivait partout dans la maison. J'éprouvais même
des difficultés à l'empêcher de m'accompagner dans les rues
quand je sortais.

Notre amitié perdura ainsi pendant plusieurs années
en même temps que se détérioraient radicalement mon
tempérament et mon caractère — influencés (je rougis de
l'avouer) par le démon de l'intempérance. Je devins, jour

après jour, plus acrimonieux, plus irritable, plus insoucieux des sentiments des autres. Je me mis à insulter ma femme. À la longue, je commençai même à me montrer violent à son endroit. Évidemment, mes animaux de compagnie subirent à leur tour les conséquences de mon changement de caractère. En plus de les négliger, je les maltraitais. J'éprouvais cependant encore suffisamment de considération à l'égard de Pluton pour ne pas le brutaliser comme je malmenais sans vergogne les lapins, le singe et même le chien quand ils se trouvaient par hasard ou par affection en travers de mon chemin. Mais ma maladie empira — quelle maladie est comparable à l'alcoolisme ! — et finalement, même Pluton, qui vieillissait et qui devenait en conséquence quelque peu maussade, même Pluton commença à subir les effets de mon humeur irascible.

Un soir que, très ivre, je rentrais chez moi après avoir passé mon temps dans un de mes repaires coutumiers en ville, j'imaginai que le chat évitait ma présence. Je le saisis ; mais lui, terrifié par ma violence, m'infligea une petite blessure à la main avec ses dents. Une fureur démoniaque s'empara aussitôt de moi. Je ne me reconnaissais plus. Sur le coup, mon âme originelle sembla s'envoler hors de mon corps et, amplifiée par le gin, une malveillance monstrueuse envahit chaque fibre de mon être. Je pris un canif dans la poche de ma veste, je l'ouvris, j'attrapai la pauvre bête par la gorge et, délibérément, je l'éborgnai ! Je rougis, je frissonne, je brûle en écrivant cet acte atroce, condamnable.

Quand je retrouvai la raison le lendemain matin — après avoir cuvé les vapeurs de ma nuit de débauche —, j'éprouvai un sentiment d'horreur et de remords en repensant au crime dont je m'étais rendu coupable. Ce sentiment était pourtant, au mieux, superficiel et mon cœur ne fut pas touché. Je replongeai bientôt dans mes excès et noyai dans le vin tout souvenir de mon méfait.

Le chat guérit lentement. Il n'avait plus l'air de souffrir même si l'orbite de l'œil perdu présentait toujours un aspect effrayant. S'il continuait de déambuler dans la maison comme d'habitude, il s'enfuyait, bien sûr, épouvanté, dès que je m'approchais de lui. Au début, il me restait suffisamment de mon ancien cœur pour que m'afflige l'antipathie témoignée par une créature qui m'avait auparavant tant aimé. Ce sentiment fut pourtant bientôt remplacé par de l'irritation. La PERVERSITÉ apparut alors, comme le signe avant-coureur de ma chute finale et irrévocable. De cet esprit, la philosophie ne tient pas compte. De même que je suis sûr que mon âme vit, je crois que la perversité est l'une des impulsions primitives du cœur humain — une faculté ou un sentiment primaire et indivisible qui modèle le caractère de l'homme. Qui ne s'est pas retrouvé, au moins cent fois, en train de commettre un acte vil ou stupide seulement parce qu'il sait qu'il ne devrait *pas* le faire ? N'avons-nous pas un perpétuel penchant, malgré l'excellence de notre jugement, à violer la *loi* simplement parce que nous comprenons que c'est la loi ? Cet esprit de perversité, dis-je, causa mon ultime déroute. Ce fut cette aspiration insondable de l'âme à se *contrarier* elle-même — à violenter sa propre nature —, à faire le mal pour le seul attrait du mal, qui me poussa à aller jusqu'au bout et à achever la bête inoffensive que j'avais mutilée. Un matin, de sang-froid, j'enroulai une corde autour du cou de mon chat et je le pendis à une branche d'arbre ; je le pendis avec des larmes plein les yeux, le cœur déchiré par le plus amer des remords ; je le pendis *parce que* je savais qu'il m'avait aimé et *parce que* je sentais qu'il ne méritait pas ma colère ; je le pendis *parce que* je savais qu'en le faisant je commettais un péché, un péché mortel qui mettait mon âme immortelle en danger, et que je la plaçais ainsi — si une telle chose est possible — au-delà de la clémence infinie d'un Dieu aussi terrible que miséricordieux.

La nuit qui suivit cet acte abominable, je fus réveillé en sursaut. Dehors, des gens criaient : « Au feu ! » Les rideaux de mon lit étaient en flammes. Toute la maison flambait. Ce ne fut pas sans peine que mon épouse, un domestique et moi-même parvînmes à nous échapper du désastre. La destruction fut totale. Tous mes biens terrestres furent carbonisés et je sombrai alors dans le désespoir.

Je n'aurai pas la faiblesse de chercher à établir un lien de cause à effet entre la catastrophe et l'atrocité de mon geste. Mais je décris un enchaînement de faits et je ne veux négliger aucun lien possible. Le lendemain de l'incendie, j'allai inspecter les ruines. Les murs, sauf un, s'étaient effondrés. Le seul pan de mur épargné était une mince cloison dressée au milieu de la maison et contre laquelle s'était appuyée la tête de mon lit. Le plâtre y avait en grande partie résisté à l'action du feu — sans doute parce qu'il avait été récemment étalé, pensai-je. Une foule s'était rassemblée autour de ce mur et plusieurs personnes semblaient en examiner une portion avec une minutieuse et vive attention. Des mots comme « étrange ! », « singulier ! » et d'autres expressions semblables éveillèrent ma curiosité. Je m'approchai donc et vis, comme gravée en *bas-relief* sur la surface blanche, la silhouette d'un *chat* gigantesque. L'image était rendue avec une exactitude absolument merveilleuse. Une corde entourait le cou de l'animal.

En voyant cette apparition — car je pourrais difficilement la qualifier autrement —, j'éprouvai tout d'abord une stupéfaction et une frayeur extrêmes. Mais après avoir réfléchi, je me rappelai avoir pendu le chat dans un jardin adjacent à la maison. Quand les gens avaient entendu les cris d'alarme, ils avaient envahi ce jardin et, dans le but de me réveiller, l'un d'entre eux avait dû détacher l'animal de l'arbre et le lancer dans ma chambre par la fenêtre ouverte. La chute des autres murs avait comprimé la victime de ma cruauté dans le plâtre fraîchement étalé ; l'image que je voyais était due à l'action de la chaux combinée avec les flammes et l'*ammoniac* de la carcasse.

Je parvins ainsi à satisfaire ma raison, sinon ma conscience, relativement au fait extraordinaire que je viens de décrire ; celui-ci fit toutefois une impression profonde sur mon imagination. Le fantôme du chat me hanta pendant des mois et, durant cette période, un demi-sentiment, qui semblait être, mais n'était pas, le remords, revint occuper mon esprit. J'allai jusqu'à regretter la perte de Pluton et je me mis à chercher autour de moi, dans les bouges que je fréquentais désormais, un autre animal de la même espèce et d'un aspect quelque peu similaire, pour le remplacer.

Un soir que, à moitié hébété, j'étais assis dans un de ces repaires infâmes, un objet noir attira soudain mon attention. La chose reposait sur un des immenses tonneaux de gin ou de rhum qui constituaient le principal ameublement de l'endroit. J'avais regardé fixement le haut de ce tonneau pendant quelques minutes et ce qui m'étonnait maintenant, c'était de n'avoir pas remarqué plus tôt l'objet en question. Je m'approchai et le touchai avec ma main. C'était un chat noir, énorme, aussi gros que Pluton auquel il ressemblait en tous points sauf un. Pluton n'avait pas un seul poil blanc sur son corps alors qu'une grosse tache blanche d'une forme indéfinie couvrait la presque totalité de la poitrine de celui-ci.

À mon contact, il se leva aussitôt, ronronna bruyamment, se frotta contre ma main, l'air ravi que je l'eusse remarqué. C'était donc l'animal que je recherchais. J'offris immédiatement au patron de l'acheter, mais il refusa, m'affirmant qu'il ne le connaissait pas et ne l'avait jamais vu auparavant.

Je continuai à le flatter et, quand je m'apprêtai à rentrer chez moi, le chat se montra disposé à m'accompagner. Je l'y autorisai. Chemin faisant, je m'arrêtais parfois et m'accroupissais pour le caresser. Arrivé à la maison, il se sentit tout de suite à l'aise et devint sans tarder le favori de ma femme.

Pour ma part, je sentis bientôt naître en moi une antipathie envers ce chat. C'était exactement le contraire de ce à quoi je m'étais attendu; mais — j'ignore comment ou pourquoi ce l'était — l'affection manifeste qu'il éprouvait pour moi m'ennuyait et me dégoûtait presque. Peu à peu, ces sentiments se transformèrent en haine. J'évitais l'animal; une certaine sensation de honte au souvenir de mon acte de cruauté passé m'empêchait de le brutaliser. Pendant quelques semaines, j'évitai de le frapper ou de le traiter avec violence, mais, graduellement — très graduellement —, j'en vins à le considérer avec une horreur indicible et à fuir son
odieuse présence comme j'aurais fui une odeur pestilentielle.

Une particularité accrut sans aucun doute ma haine envers cet animal : le matin après que je l'eus amené chez moi, je découvris que, comme Pluton, il lui manquait un œil. Cela ne le rendit que plus cher à ma femme qui, comme je l'ai dit, possédait à un niveau élevé cette humanité de sentiments qui avait déjà été une de mes caractéristiques et la source de plusieurs de mes plaisirs les plus simples, les plus purs.

Pourtant, plus je détestais ce chat, plus il semblait m'aimer. Il me suivait pas à pas avec une obstination qu'il serait difficile de faire comprendre au lecteur. Lorsque je m'asseyais, il se blottissait sous ma chaise ou il sautait sur mes genoux et me couvrait de ses caresses détestables. Si je me levais pour marcher, il se mettait entre mes pieds et me faisait presque trébucher. Sinon, il plantait ses longues griffes pointues dans mes vêtements et grimpait ainsi jusqu'à ma poitrine. À ces moments-là, même si j'avais envie de lui assener un coup mortel, je m'en abstenais, en partie parce que je me rappelais le crime que j'avais commis, mais surtout — permettez-moi de l'avouer tout de suite — parce que cet animal me terrifiait.

Cette terreur ne provenait pas exactement de la crainte d'un mal physique — mais j'aurais peine à la décrire autrement. J'ai presque honte de reconnaître — oui, même dans ma cellule de condamné —, j'ai presque honte d'avouer que la terreur et l'horreur que cet animal m'inspirait avaient été amplifiées par la plus parfaite chimère imaginable. Ma femme avait plus d'une fois attiré mon attention sur l'aspect de la tache blanche dont j'ai déjà parlé et qui représentait l'unique différence visible entre cet étrange animal et celui que j'avais massacré. Le lecteur se souviendra que, bien que grande, cette marque était à l'origine imprécise ; mais voilà que lentement — par degrés pratiquement imperceptibles et que ma raison s'efforça longtemps de rejeter comme imaginaires — elle avait fini par prendre une forme très nette. Elle représentait désormais un objet que je frémis de nommer — et c'était surtout pour ça que je haïssais et craignais le monstre dont je me serais débarrassé *si je l'avais osé* —, elle 91 évoquait donc, dis-je, l'image odieuse d'une chose sinistre, d'une POTENCE ! Oh ! Lugubre et terrible instrument d'horreur et de crime, de tourment et de mort !

J'étais désormais misérable au-delà de la misère possible de l'humanité. Et c'était une *bête* — dont j'avais, avec mépris, exterminé le frère —, une *bête* qui m'infligeait cette souffrance insupportable, à moi, homme créé à l'image de Dieu tout-puissant ! Hélas ! Les bienfaits du repos, de jour ou de nuit, me furent dès lors refusés ! Le jour, la créature ne me laissait jamais tranquille et, la nuit, je me réveillais en sursaut de rêves incroyablement terrifiants pour sentir l'haleine chaude de la *chose* sur mon visage et son poids énorme — l'incarnation d'un cauchemar dont je ne pouvais me libérer — sur mon *cœur* !

Sous la pression de pareils tourments, le peu de bons sentiments qui subsistaient en moi succomba. Je n'eus plus que de mauvaises pensées, les plus noires, les plus méchantes. Je devins de plus en plus acariâtre, et me mis à haïr toutes les choses, l'humanité entière ; très souvent, je cédais aveuglément à d'incontrôlables explosions de colère, et ma femme, qui ne se plaignait jamais, était devenue mon souffre-douleur le plus patient.

Un jour que je devais effectuer une tâche domestique quelconque, elle m'accompagna dans la cave de la bâtisse délabrée où notre pauvreté nous contraignait désormais à vivre. Le chat me suivit dans l'escalier et me fit presque dégringoler tête la première. Mon irritation ne connut plus de bornes. Je brandis une hache et, oubliant, dans ma rage, la terreur puérile qui avait jusque-là retenu mon bras, je visai l'animal. De toute évidence, ce coup lui aurait été aussitôt fatal s'il avait porté comme je l'avais souhaité. Mais mon geste fut arrêté par la main de ma femme. Exaspéré par cette intervention, j'entrai dans une rage démentielle. Je libérai mon bras et lui assenai un coup de hache sur le crâne. Elle mourut sur le coup, sans une plainte.

Ce meurtre ignoble perpétré, je me mis aussitôt en devoir, délibérément, de cacher le corps. Je savais que je ne pouvais le sortir de la maison, ni de jour ni de nuit, sans courir le risque d'être vu par les voisins. Plusieurs solutions me passèrent par l'esprit. À un moment, j'envisageai la possibilité de découper le cadavre en petits morceaux et de les détruire par le feu. Je résolus ensuite de creuser une tombe dans le sol de la cave. Puis je pensai à le jeter dans le puits de la cour, à l'emballer dans une boîte, comme s'il s'agissait d'une marchandise à expédier, de procéder comme on le fait habituellement et de charger un porteur de venir le chercher. J'optai finalement pour la solution qui me paraissait la meilleure. J'allais murer le corps dans la cave comme, dit-on, les moines muraient leurs victimes au Moyen Âge.

La cave convenait parfaitement à mon dessein. Ses murs avaient été construits négligemment et on y avait récemment étalé un plâtre rugueux que l'humidité de l'atmosphère avait empêché de durcir. De plus, une fausse cheminée — un âtre — qui avait été comblée de façon à ce qu'elle se confonde avec le reste de la cave se trouvait derrière un des murs. J'étais convaincu de pouvoir aisément déplacer les briques à cet endroit, y faire entrer le cadavre et murer le tout comme ce l'était auparavant. Ainsi, personne ne pourrait rien y détecter de suspect.

Mes calculs étaient justes. Muni d'un pied-de-biche, je n'eus aucune peine à déloger les briques et, après avoir soigneusement déposé le corps contre le mur intérieur, je le maintins dans cette position tandis que, sans trop de difficulté, je rebâtissais la structure telle qu'elle l'avait été à l'origine. Je me procurai du mortier, du sable et du poil avec toutes les précautions imaginables, je préparai un crépi identique à l'ancien dont je couvris soigneusement le nouveau mur. Quand j'eus fini, je constatai, satisfait, que tout était impeccable. Rien, sur le mur, n'indiquait qu'il eût subi la moindre altération. Je ramassai avec soin les gravats sur le sol. Triomphant, je regardai autour de moi et me dis : « Ici, au moins, je n'ai pas travaillé en vain. »

Je recherchai ensuite l'animal qui avait été la cause de tant de malheur. Car j'avais fini par prendre ma décision : le chat devait mourir. Si je l'avais trouvé à ce moment-là, son sort aurait indubitablement été scellé ; mais, alarmée par la violence de ma crise et vu mon état d'esprit actuel, cette bête rusée évita de se présenter devant moi. Il est impossible de décrire ou d'imaginer le soulagement profond et bienheureux que l'absence de la créature honnie fit naître en moi. Le soir vint et le chat demeura invisible. Ce fut la première nuit que je dormis sur mes deux oreilles depuis son arrivée chez moi ; oui, je *dormis* malgré le poids de mon crime sur ma conscience.

Un deuxième et un troisième jour passèrent sans que je voie mon tourmenteur. De nouveau, je respirai en homme libre. Épouvanté, le monstre avait à jamais quitté ma demeure ! Je ne le reverrais jamais ! Mon bonheur était à son comble ! Mon acte terrible n'avait pas suscité chez moi un fort sentiment de culpabilité. On me posa bien sûr quelques questions, mais je fus en mesure d'y répondre aisément. On fit même une perquisition, sans rien trouver, bien entendu. Je considérai mon bien-être à venir comme assuré.

Contre toute attente, quatre jours après le meurtre, un groupe de policiers se présenta chez moi afin de procéder à une nouvelle inspection rigoureuse des lieux. Sûr, toutefois, qu'il était impossible de découvrir ma cachette, je les accueillis sereinement. Les agents me demandèrent de les accompagner dans leur recherche. Ils explorèrent chaque recoin, chaque angle du logis. À la fin, pour la troisième ou quatrième fois, ils descendirent à la cave. Je restai impassible. Mon cœur battait calmement comme celui d'un innocent qui dort en paix. Je traversai la cave d'une extrémité à l'autre. Les bras croisés sur ma poitrine, je marchais de long en large, sans inquiétude. Les policiers se déclarèrent totalement satisfaits et s'apprêtèrent à s'en aller. Ma joie était trop intense pour que je puisse la contenir. Je brûlais de dire un mot, un seul, pour exprimer ma victoire et pour qu'ils soient doublement convaincus de mon innocence.

« Messieurs, dis-je enfin tandis que le groupe montait l'escalier, je suis enchanté d'avoir balayé vos soupçons.

Je vous souhaite à tous une bonne santé et un peu plus de courtoisie. Soit dit en passant, messieurs, cette maison est singulièrement construite, c'est-à-dire très bien construite (dans mon désir frénétique de parler sans gêne, je savais à peine ce que je racontais). Je dirais même que sa construction est *excellente*. Ces murs — vous partez, messieurs ? — ces murs sont solidement maçonnés. » Et là, poussé par le désir incontrôlable de défier, je frappai lourdement, avec une canne que je tenais à la main, la partie du mur de briques derrière laquelle se trouvait le cadavre de ma chère épouse.

Mais puisse Dieu me délivrer des griffes de l'archidémon ! L'écho de mes coups sombra dans le silence mais, tout de suite après, une voix venue du tombeau me répondit. Une plainte, tout d'abord étouffée et saccadée comme un pleur d'enfant, s'enfla rapidement pour devenir un long cri sonore et continu, totalement anormal et inhumain — un hurlement —, un glapissement dans lequel horreur et triomphe se mêlaient et qu'on eût dit sorti tout droit de l'enfer, de la gorge des damnés dans leur agonie et de celle des démons qui exultaient dans la damnation.

Il serait fou de vous décrire mes pensées. Me sentant défaillir, je titubai vers le mur opposé. L'espace d'un instant, le groupe dans l'escalier demeura immobile, terrifié. Puis, une douzaine de bras robustes se mirent en devoir de démolir le mur qui tomba tout d'une pièce. Maculé de sang, le cadavre, déjà en état de putréfaction, se dressait devant les spectateurs. L'exécrable bête était perchée sur sa tête, avec sa gueule rouge béante et son œil unique en feu, cette bête dont la ruse m'avait conduit au meurtre et dont la voix me livrait maintenant au bourreau. J'avais emmuré le monstre dans la tombe.

Traduit par Hélène Rioux

mœbius

abonnement

taxes et frais postaux inclus
quatre numéros par année

		1 an	2 ans
Canada	individu	48 $	85 $
	étudiant	35 $	60 $
	institution	95 $	180 $
États-Unis	individu	75 $	140 $
	institution	115 $	220 $
International	individu	85 $	160 $
	institution	130 $	250 $

Veuillez adresser votre chèque
ou mandat-poste à l'ordre de

Moebius
2200, rue Marie-Anne Est
Montréal (Québec) H2H 1N1

Téléphone : 514 597-1666
Courriel : revuemoebius@gmail.com
Site Internet : revuemoebius.com

Nom :

Adresse :

Ville, province :

Code postal :

Pays :

Téléphone :

Courriel :

Abonnement à partir du numéro :

RAPHAËL BÉDARD-CHARTRAND est un jeune auteur de trente-trois ans qui n'a publié jusqu'ici que des nouvelles ici et là. Baignant dans le milieu littéraire grâce à son poste de directeur général aux Correspondances d'Eastman, en Estrie, il aspire à la maîtrise en création littéraire, tout en se répétant, assez régulièrement : Et pourquoi pas moi ?

MARISE BELLETÊTE a terminé un doctorat en lettres sur les réécritures de contes et elle est chargée de cours à l'Université du Québec à Rimouski. Elle a publié des textes dans différentes revues ainsi qu'un premier roman, *L'haleine de la Carabosse*, aux Éditions Triptyque en 2014.

EMMANUELLE CORNU : professeure et écrivaine. Aux Éditions Druide, elle a d'abord publié, en 2012, un recueil de nouvelles microscopiques, *Jésus, Cassandre et les demoiselles*. Puis, en 2016, elle a publié un roman, *Anna, salle d'attente*. Emmanuelle Cornu enseigne à la maternelle depuis dix-neuf ans.

MAUDE DESCHÊNES-PRADET est née à Québec. Elle détient un doctorat en littérature et création de l'Université de Sherbrooke. Elle a publié deux romans, *La corbeille d'Alice* (finaliste au prix Senghor du premier roman francophone et francophile 2014) et *Hivernages* (finaliste au prix Horizons imaginaires 2019), tous deux aux Éditions XYZ. Son essai *Habiter l'imaginaire. Pour une géocritique des lieux inventés* est paru en avril 2019 chez Lévesque éditeur.

LYNDA DION écrit des livres sans pudeur dans lesquels elle aborde des sujets qui poussent au dévoilement. Sa vie est partagée entre l'écriture et l'étude de l'objet littéraire. Elle a fait paraître chez Hamac *La dévorante*, *La maîtresse*, *Monstera deliciosa* et *Grosse*.

JEAN PIERRE GIRARD est romancier, nouvellier, essayiste. Il est aussi l'instigateur des Donneurs, sur l'écriture publique, une tentative pour démocratiser l'écriture en la peignant par exemple dans les vitrines des commerces, ou en installant Jean-Paul Daoust aux chaussures Yellow pour écrire un poème avec une fillette, et ce bien avant les séries et les films sur le sujet (lesdonneurs.ca).

CLAUDE LA CHARITÉ, né au Québec en 1975, est romancier et nouvellier. En 2015, à L'instant même, il a signé *La pharmacie à livres et autres remèdes contre l'oubli*, une autofiction mâtinée d'humanisme et teintée d'humour noir. *Le meilleur dernier roman*, publié en 2018 chez le même éditeur, se moque avec finesse et gravité du milieu universitaire et littéraire. Professeur à l'Université du Québec à Rimouski, il est l'auteur de nombreuses publications sur la littérature française de la Renaissance et la littérature québécoise du XIXe siècle.

MARIE-PIER LAFONTAINE est étudiante au doctorat en études littéraires à l'Université du Québec à Montréal. Ses recherches portent sur les différentes représentations de la violence contre les femmes en littérature contemporaine. La notion de survie au féminin constitue d'ailleurs le noyau solide de sa pratique d'écriture. Son premier roman, *Chienne*, paraîtra à l'automne 2019.

JOANIE LEMIEUX est doctorante à l'Université du Québec à Rimouski, et diffuse en parallèle nouvelles et poésie. Son premier recueil de nouvelles, *Les trains sous l'eau prennent-ils encore des passagers?*, a reçu le Prix de l'AQPF-ANEL 2016, en plus d'être finaliste au Grand Prix littéraire Archambault. Certains de ses poèmes ont quant à eux été récompensés dans le cadre du prix Geneviève-Amyot.

Suzanne Myre a publié huit livres chez Marchand de feuilles et plein de nouvelles dans des revues, a gagné quelques prix et donne aussi des ateliers d'écriture ludique, mais tout ça ne remplira jamais le vide laissé par la disparition d'un Wesley dans un bois du Bas-Saint-Laurent, il y a seize ans. Il y a eu ensuite un Frigo, un beau roux trouvé tout pouilleux, abandonné dans la campagne de la Beauce, puis il y a mainte-nant une Coquette, amour inconditionnel. Tout ça pour dire que sa passion, c'est les chats, alors qu'on arrête de lui dire: «Toi, Suzanne, ta passion, c'est d'écrire?» Non.

Marie-Pier Poulin, originaire des Cantons-de-l'Est, a obtenu un baccalauréat en études françaises à l'Université de Sherbrooke et complété une maîtrise en linguis-tique à l'Université de Montréal. Depuis plus de vingt ans, elle enseigne la littérature au cégep André-Laurendeau, à Montréal. Son premier roman sera publié à l'automne 2019 aux Éditions Sémaphore.

Valérie Provost est doctorante en lettres à l'Université du Québec à Rimouski, où elle prépare une thèse en recherche-création. Elle s'intéresse aux liens entre fragment et souvenir et se consacre au récit bref. Elle a publié son premier livre, *Dix semaines et demie*, aux Éditions Fond'tonne ainsi que des textes en revues (*Mœbius, Zinc, Art Le Sabord, XYZ*).

Julie Tremblay est née à Rimouski et travaille comme journaliste à Radio-Canada. Elle a publié deux recueils de poésie, *Seule avec* (Éditions Trois-Pistoles, 2010) et *Le bruit du frigo* (Éditions Tire-Veille, 2012). Plusieurs de ses textes sont parus dans *XYZ. La revue de la nouvelle* et dans la revue *Mœbius*.

Odile Tremblay est journaliste au *Devoir* depuis 1990, une carrière qu'elle a entre-prise après une formation en ethnologie à l'Université Laval. Responsable du cinéma de 1990 à 2017 et directrice littéraire de 1992 à 1993, elle couvre le cinéma et signe une chronique culturelle depuis 1995, devenue bihebdomadaire en 2015.

LA REVUE XYZ DE LA NOUVELLE

TRENTIÈME CONCOURS DE NOUVELLES *XYZ* PRIX DE 2 000 $

Depuis trente ans, notre concours de nouvelles encourage la relève et dévoile souvent de nouveaux auteurs. Et il importe à *XYZ*. *La revue de la nouvelle* de toujours et encore promouvoir et vitaliser la nouvelle sur la scène littéraire.

Avec **un prix de 2 000 $**, l'édition 2019 du concours *XYZ* appelle toutes les forces vives de notre littérature. Que vous ayez des talents inédits ou une écriture éprouvée, nous vous convions à soumettre votre nouvelle avant le 31 décembre 2019.

PORTEZ LA NOUVELLE, LAISSEZ LA NOUVELLE VOUS PORTER*.

* La soumission devra se faire selon les modalités énoncées dans le formulaire d'inscription, disponible dans les pages de la revue.

Formulaire d'inscription

POUR SOUMETTRE des nouvelles à *XYZ. La revue de la nouvelle,* il faut obligatoirement remplir le formulaire d'inscription original. Les fac-similés ne sont pas acceptés. Un formulaire permet de soumettre tout au plus deux nouvelles. Si l'une d'entre elles répond à un thème, il faut cocher la case appropriée et en préciser le titre. Les textes sont envoyés en deux exemplaires. Notez bien : les informations se trouvant sur note site internet prévalent sur celles-ci. Voir www.xyzrevue.com.

☐ Thème libre
Titre de la nouvelle_____
Titre de la nouvelle_____

Thèmes à venir
☐ Récits de dépression, 1er décembre 2019
Titre de la nouvelle_____
☐ *Sex, drugs and rock'n'roll,* 1er mars 2020
Titre de la nouvelle_____

Nom_____
Adresse_____
Ville_____
Code postal_____
Téléphone_____
Courriel_____

**Formulaire d'inscription
au Trentième concours de nouvelles *XYZ***

Nom_____
Adresse_____
Ville_____
Code postal_____
Téléphone_____
Courriel_____
Pseudonyme_____
Titre de la nouvelle_____

Il est obligatoire de remplir ce formulaire d'inscription pour participer au concours. Mettez le formulaire dans une enveloppe cachetée, sur laquelle vous écrirez votre pseudonyme et le titre de la nouvelle, et insérez-le dans l'envoi avec les quatre copies de votre nouvelle.

TRENTIÈME CONCOURS DE NOUVELLES *XYZ*

POUR LA TRENTIÈME ANNÉE consécutive, *XYZ. La revue de la nouvelle* lance son concours de nouvelles. Pour être admissibles, les nouvelles soumises devront remplir les conditions suivantes:

Article 1. Admissibilité: À l'exception des employés et des contractuels de la revue, tout auteur résidant au Canada, amateur ou professionnel, est admissible au concours, incluant les lauréats des années antérieures.
Article 2. Type: Les nouvelles doivent être inédites et rédigées en français. Le sujet est entièrement libre. Les textes compteront un maximum de 10 pages (2 500 mots). Il n'y a 101

pas de minimum requis. Les textes, à raison d'un seul par auteur, devront nous parvenir dactylographiés à interligne double (25 lignes par page) et en 4 exemplaires.

Article 3. Date limite: La date limite pour l'envoi des manuscrits (le cachet de la poste en faisant foi) est fixée au 31 décembre 2019.

Article 4. Identification: Les nouvelles doivent être expédiées sous pseudonyme, accompagnées d'une enveloppe cachetée contenant le formulaire d'inscription. Le titre de la nouvelle et le pseudonyme sont inscrits sur la première page des quatre exemplaires demandés. Les participants doivent obligatoirement remplir le formulaire original, disponible dans les pages de la revue. Les fac-similés ne sont pas autorisés, sauf pour les revues achetées dans une version électronique. Le cas échéant, il faut joindre une preuve d'achat.

Article 5. Prix: À l'occasion de ce concours, un prix de 2 000 $ sera remis.

Article 6. Publication des textes: L'auteur du texte gagnant accepte que sa nouvelle soit publiée dans *XYZ. La revue de la nouvelle*. Avec l'accord des auteurs, les nouvelles non sélectionnées, mais ayant fait l'objet d'une recommandation du jury pourront être publiées hors thème.

Article 7. Dévoilement des résultats du concours: Le lauréat sera avisé au mois d'avril, et sa nouvelle sera publiée dans le numéro d'automne 2020.

Article 8. Adresse du concours: Les personnes intéressées sont priées d'envoyer leur texte à l'adresse suivante: Concours de nouvelles *XYZ*, 11860, rue Guertin, Montréal (Québec), H4J 1V6.

Les textes ne respectant pas ces conditions seront éliminés.

Les manuscrits ne sont pas retournés.

L'emploi du masculin est fait dans le but d'alléger le texte.

XYZ. La revue de la nouvelle est distribuée et diffusée en Europe par:
Librairie du Québec
30, rue Gay-Lussac, 75005 Paris
Tél.: 01.43.54.49.02 • Téléc.: 01.43.54.39.15
www.librairieduquebec.fr • libraires@librairieduquebec.fr